GOBOOKS & SITAK GROUP

GOBOOKS
& SITAK
GROUP©

三日月書版

三日月書版

3
暮音
墨竹
Illust: 瀬川あをじ
Lies and love
三日月書版
輕世代 FW344

暮
Contents
音

Lies and loves

I have no choice. Pain keeps gnawing at my blood and bones, and jealous eating away my soul.
Please dig out my eyes, pierce through my heart, and burry my dead body into the deep, dark underworld.
If I have not and would never hold your favor, then all I left would be death.

【第一章】

Lies and Love

風暮音站在那裡，一臉呆滯地看著眼前完全陌生的「天帝」，腦子裡不停迴盪著剛才聽到的話。

借用了人類的軀殼？自己通常把他叫做「天青」？那是什麼意思？

「我感到十分失望。」身為神界的帝王，諾帝斯任何時候看上去似乎都是神聖而不可褻瀆的：「妳什麼時候學會懦弱和逃避現實了？」

「我沒有……我什麼時候逃……」風暮音發覺自己開始語無倫次，連忙停下質問。她深吸一口氣，盡力讓自己保持冷靜：「你能說得詳細一點嗎？我根本不明白你在說什麼。」

「看來是我錯了，妳遠沒有我想的那麼聰明。」諾帝斯搖了搖頭，綠色的眼睛裡帶著惋惜：「原本我以為這些提示對妳來說已經足夠了，可是現在我不得不更殘忍一點，妳要知道，這並不是我的本意。」

風暮音真的很害怕，當她一看到這個熟悉卻又陌生的男人，就覺得自己的心在胸腔裡不停發抖，連呼吸也變得斷斷續續。但她心裡又隱約能夠感覺到，這份恐懼並不完全是因為這個人是她惡夢的根源，雖然可能曾經被這個人殘忍地對待過，但她已經不再是那個無力反抗的孩子了。

她真正在害怕的，是她自己都說不清楚的原因，也許就是這個男人口中「更殘忍一點」的事情。直覺告訴風暮音，不論對方接下來要說什麼，可能都是她無法接受的，最明智的選擇，是現在立刻轉身逃走。

可不論理智再怎麼催促著她採取行動，她還是站在原地，愣愣地看著這個有著綠色眼睛的男人。

「還記得這個嗎？」諾帝斯似乎很滿意她呆滯的表情，微笑著舉起戴著銀色指套的手指，在空中輕輕一劃：「如果不是因為我給妳的標記，妳怎麼可能解開盟約森林的結界？」

風暮音的左手像是被無形的力量牽引著，不受控制地抬了起來，露出掩藏在衣袖下，由纏繞的綠色線條組成的圖案。

「你給我的？你在說什麼？」風暮音看著那個圖案，遲疑地問：「這明明是天青在迷霧森林裡和我開的玩笑，怎麼又變成你給我的標記？」

「雖然看起來形狀相似，不過這可不是什麼四葉草或愛的記號。這是代表了我的徽記，就好像標記所有物一樣。」諾帝斯笑了出來：「至於『天青』……那是直到我成為神界的『諾帝斯』之前，一直使用的名字。」

「你說你是天青？」聽到這個荒誕的說法，風暮音止不住地嗤笑出聲：「如果你是天青，那剛才和我見面的人又是誰？」

「妳怎麼還不明白？」諾帝斯的耐心極好，依舊從容地說道：「我是『天青』，卻不是『蘭斯洛．赫敏特』。妳剛才見到的實際上是『蘭斯洛．赫敏特』，而不是『天青』。」

「天青不是蘭斯洛……你是天青，蘭斯洛是蘭斯洛。」風暮音按照他的邏輯，機械地重複著：「你們是兩個完全沒有關係的人？」

「妳果然還沒笨到無可救藥的地步。」諾帝斯指尖一動，讓風暮音的手自由地垂落下去：「沒想到這樣一個充滿破綻的謊言，居然把我都騙過了。」

「我不相信你的鬼話，一點也不相信。」風暮音慢慢搖著頭：「你純粹是在胡說八道。」

「很好，既然我說的話妳不相信，那就讓『天青』自己和妳說吧。」諾帝斯目光一閃：「你還在等什麼？已經到了揭曉謎底的時間了——阿洛。」

他刻意強調的最後兩個字，讓風暮音竭盡全力維持的冷靜終於出現裂痕。

慢慢接近的腳步聲緩慢有力，在離風暮音還有幾步的地方停了下來。

阿洛？

在風暮音認識的人裡面，只有一個人叫這個名字，在那一片迷霧重重的森林裡面……

風暮音全身僵硬，根本無法轉頭確認背後的人到底是誰。

諾帝斯和她之間的距離不是很近，但風暮音清清楚楚地在他眼裡看到了惡意嘲弄。這種冰冷的嘲諷讓風暮音稍微清醒了，她咬了咬牙，猛地轉過身。

「天青」穿著黑色的風衣站在風暮音身後不遠處，看上去和剛才沒什麼不同，當然，除了他臉上麻木冷漠的表情。

「天青，你告訴我，這倒底是怎麼回事？為什麼他說你不是天青？」風暮音的聲音急切而慌亂：「我不相信，真的，我一點也不相信！」

「暮音。」他回答的聲音很輕：「他說的都是真的，我並不是天青，而是蘭斯洛．赫敏特，也就是妳在迷霧森林裡遇到的阿洛。」

「你在說什麼？」風暮音慢慢走到他的面前，迷惑地看著他：「你再說一遍，我好像沒聽清楚。」

「風暮音，妳最好學會面對現實。」蘭斯洛一臉沉重地回望著她：「我知道妳已經明白了，就像妳所聽到和看到的那樣，我——蘭斯洛．赫敏特——和妳喜歡的天青並不是同一個人，也許身體一直都是，但存在其中的靈魂卻完全不同。」

風暮音的腦海裡一片嗡然作響，眼睛看見的東西都重疊模糊。

「你胡說！我什麼都不明白，我一個字都不明白！」她的聲音發顫，根本不知道自己在辯解什麼：「怎麼可能？你是天青……一直都是……」

「我不相信妳完全沒有感覺到我們的不同。」蘭斯洛對她搖頭：「妳從夢域回來之後再見到我，就應該察覺到了什麼，不然也不會什麼都不問我，把我的出現視為理所當然。只是因為妳害怕知道真相，那時才刻意忽略不提。」

風暮音把顫抖的手掌緊握成拳，慢慢往後退了一步。

「還記得嗎？」蘭斯洛往前跟進一步：「那天晚上，在迷霧森林裡面，妳應該已經看到了一切。」

「不，那是你，我看到了你！」風暮音又往後退了一步：「那時候你有危險，可是我暈倒了……」

「還有呢？暈倒之前妳看到了什麼？」蘭斯洛表情冷漠地跟上，對風暮音驚慌失措的表情視而不見：「妳看到我，也看到了他，妳還看到了……」

隨著他的敘述，風暮音彷彿回到了那片充滿霧氣的森林，她茫然不安地在一片迷霧中奔跑，想要尋找不知道跑去哪裡的天青。也不知道跑了多久，從髮稍不斷滴落的汗水模糊了她的視線，她無法辨別方向，只能依靠直覺一直往前。就在她終於衝出重重白霧的那一刻，她看到了——

「對於細心的妳來說，一眼就已經足夠了。」蘭斯洛抬起手，舉到自己和風暮音中間：「妳不要告訴我，除了『天青』的臉之外，妳什麼都沒有看到。」

風暮音看著他舉高在自己面前的雙手，似乎看見有些黑色的光芒在那兩隻手的手腕閃過。

她先用力地眨了一下眼睛，然後又一下……

阿洛來這裡的時間不長，我看他沒有地方可去，就允許他暫時留在這裡。不過看來，他很快就要離開了。

阿洛本不屬於迷霧森林，或者他本不屬於那個世界。

為什麼不拿掉斗篷？

阿洛一直一直穿著斗篷，可是他有一雙人類的手。

傳說中，只有魔族才擁有紫色的眼睛。妳是人類，瞳孔不應該會出現這種顏色。而且妳的頭髮生長的速度超乎常人，這是個很糟糕的現象。

阿洛在說那些話的時候，感覺很奇怪，帶著一種奇怪的戒備，就像本能地排斥魔族。

阿洛，你的聲音和天青很像呢。只聽聲音，我也分辨不出來。

兩個人的聲音何止像，簡直一模一樣。

世界雖然很大，可是要找兩個聲音完全一模一樣的人，卻不是一件容易的事情。

暮音……妳怎麼會這麼傻呢！妳這個樣子，我該怎麼告訴妳呢……

他那時原本要告訴自己什麼？難道他想要告訴自己，他根本就不是……

蘭斯洛已經不再往前，但風暮音依舊往後退去，直到她的後背撞到了什麼，才不得不停了下來。

她還沒反應過來，一種淺淡而乾淨的氣息就把她包圍起來。微涼的手指撫過她的臉頰，動作輕柔地就像對待珍愛的寶物。

「你做得很好，可是有些超過了。」再怎麼仔細聆聽，這個聲音和天青也沒有半點相似之處：「你應該更委婉一點，再怎麼說，她對你一直都是不錯的。」

風暮音順著手指的移動向後仰起頭，以非常近的距離對上了那雙美麗的眼睛，那說不清是深邃還是清澈的綠色，正閃耀著點點光芒。到了這個時候，風暮音再也沒辦法告訴自己這是一個陌生人。

雖然外表完全不同，雖然她內心深處對這個人仍有畏懼，可是面前的人千真萬確就是天青啊。

「如果你真的是……」風暮音的嘴唇顫抖了一下，怎麼也無法說出那個名字：「你為什麼要這樣做？」

「為什麼？」諾帝斯用另一隻手托起風暮音的手腕：「因為我需要讓妳愛上我。」

「需要我愛上你？」風暮音打了個冷顫，感覺四周的溫度忽然冷得讓人無法忍受：「為什麼你要讓我……」

「為了讓一個無聊的預言變成事實。其實那是一個很可笑的預言，但既然所有人都深信不疑，對我來說就大有用處了。」銀白色的長髮隨著他低頭的動作滑過風暮音頸邊，那冷冽的觸感彷彿髮絲是寒冰凝結而成的一樣：「我不惜借用人類的身體接近妳，希望讓我們之間的感情產生得和諧而自然。可是就在一切順利進行的時候，我忽然發現自己犯了一個很嚴重的錯誤。如果不是有人及時提醒了我，這個錯誤差點就無法挽回了。」

他說他變成人類接近自己，為了讓自己愛上他，而動機，則是一個「只要讓別人相信」就可以了的預言。

風暮音想要避讓的動作，因為諾帝斯的話而停頓。她轉過頭，看向一旁始終不言不語的金先生。

金先生沒有和她對視，率先移開了視線。

「我怎麼從來沒有注意到呢？」諾帝斯握住她的手腕，拉回她的注意力：「其實是這麼地明顯，既然妳是『黃昏的聲音』，又怎麼能夠代表光明？又怎麼可能是我所需要的？」

「暮音」這兩個字，意思是「黃昏的聲音」，這是一個有些奇怪的名字，當然不能代表光明，可是自己的名字又和光明有什麼關係？而且他的話聽起來，就像是……

「你希望我是什麼人，而我並不是，對不對？」風暮音小心地問。

「妳總是令我感到驚奇，雖然都是在一些不恰當的時候。」諾帝斯用一種無奈的語氣告訴她：「妳猜對了，我一直試圖讓妳愛上我，而就在幾乎成功的時候，卻發現有人和我開了個惡劣的玩笑，原來我一開始就搞錯對象了，我要找的，我要讓她愛上我的那個人，根本就不是妳。」

風暮音臉色發青，覺得眼前都是虛假的幻象，一切就像是誇張得超出尺度的惡作劇一般，根本沒有半點能讓她相信的理由。

「難道妳不覺得，在奇異的世界裡冒險，努力拯救自己的親人，這是非常適合讓愛情開花結果的環境嗎？」諾帝斯用一種風暮音熟悉的溫柔語氣，向她揭曉著殘酷的真相：「我也覺得很可惜，畢竟我花費了太多時間和精力來培育這朵愛情之花，最後卻要親手將它鏟除，然後重新來過。」

風暮音下意識地掙扎，沒有花費什麼力氣就從那個冰冷的懷抱裡掙脫出來。她轉過身面對著這個人，睜大眼睛盯著這個因為收斂笑容而更加凜然高貴的男人，突然意識到，冷漠無情也許才是「諾帝斯」真實的模樣。

「天青。」風暮音低下頭，看著自己手腕上的圖案，聲音低沉地說：「如果你現在告訴我，這只是玩笑或你有其他苦衷，雖然我會很生氣，可是最後我還是會原諒你的。」

諾帝斯的回答，是一個冷漠的笑容。

「如果真的只是一場騙局，我還是要問你最後一個問題。」她的聲音冷靜得連她自己都覺得訝異：「如果那些誓言都是謊言，那是不是代表著你所說的每一個字都是假的，你從來沒有喜歡過我？」

「真是遺憾，這其中根本不存在妳問的這個問題。」諾帝斯看著她的表情，就像高高在上的神祇，正俯首看著人世間一齣荒誕有趣的鬧劇：「不要用妳那種人類的狹隘目光來看待這一切，我所需要的，不是黑暗中孕育出來的汙穢魔物，而是出生於晨曦光輝之中的純潔公主。」

「什麼意思？什麼叫出生於晨曦的……光輝公主？」

「很簡單的意思。」回答這個問題的，竟然是金先生：「天帝大人指的那個人，是晨輝。」

風暮音看了過去，在金先生沒有閃避的眼睛裡又一次看到了憐憫。只是這一次，她明白了原因，她終於明白為什麼金先生會覺得她可憐。

「他要的是晨輝不是我，而你一直都知道這件事，只是沒有說出來，對不對？」不是求證，風暮音只是面無表情地陳述：「晨輝，出生於晨曦光輝之中的純潔公主……果然是個很適合光明的名字。」

鬧劇，真是一齣荒誕的鬧劇。

最後的結果果然如此，就像一直以來，風雪告誡過她的一樣，沒有任何人值得信任。

原來，真的沒有例外。

風暮音捂住自己的嘴，用一種壓抑的聲音笑了出來。

「對妳說出這些殘忍的話，我真的有點於心不忍。」這句話從諾帝斯嘴裡說出來，聽起來就像一句虛偽的社交辭令，沒有人會相信他真的有什麼「於心不忍」：「我希望能夠讓妳像童話故事裡的公主一樣，永遠生活在美麗光明的世界。但是我可愛的暮音，妳怎麼就不是我真正要找的那個人呢？」

她第一次試圖相信、試圖去愛的人，眨眼之間，變成了一個再陌生不過的人。事實就是這樣，他是神，而她只是小丑。

風暮音能夠聽到，溫熱的血液在自己血管裡一點點凝結，還有心裡某個部分靜悄悄地、慢慢地死去的聲音。

站在風暮音身後的蘭斯洛抬起頭，看著風暮音搖搖欲墜的背影，直覺就要伸手扶她。諾帝斯冰冷的目光，卻在這時候有意無意地瞥了過來。蘭斯洛默默地收回手，放到身側，緊緊地握成拳。

「原來都是假的。」風暮音好不容易止住瘋狂的笑意，對著面前的諾帝斯點了點頭：「我終於明白了，為什麼我一直覺得這不真實，原來，所有的一切都是假的，原來……什麼都不存在。」

什麼都沒有存在過，從來就沒有那個體貼溫柔的天青，從來就沒有那種纏繞胸臆的愛情，既然已經到了這種地步，那又有什麼好傷心的？如果說表現出受傷能夠換回什麼的話，那也只會是更加不堪的嘲笑，不過是被人騙了，何必連自尊都一同奉上任人踐踏？

「你的演技真不錯，我差點就被你騙了。」風暮音挺直脊梁，在這一瞬間，除了略微蒼白，她的臉上一點都沒有表露出悲傷難過或類似的情緒：「不過，我承認這讓我很難堪。」

諾帝斯微揚起眉毛，似乎詫異於她的反應。

「你在期待什麼？」風暮音也學他一樣抬起眉毛，頗為挑釁：「如果你以為我會趴在你腳邊痛哭流涕，那恐怕要讓你失望了。對我來說，你還沒重要到那種程度。」

諾帝斯綠色的眼睛微微瞇起，有些疑惑地看著她。

「你覺得我像一個會犯同樣錯誤的傻瓜嗎？」一想到自己有多傻，風暮音忍不住笑了起來：「在你第一次隱瞞身分接近我的時候，我就知道，你是個不值得信任的人。不過看你這麼開心，我也就好心配合你一下。」

「真的嗎？」諾帝斯眸光一閃。

「幸好，幸好我沒有真的愛上你。」風暮音輕輕地撫摸著手腕上的印記：「否則就算現在我趴在你腳邊痛哭流涕，也只會被你當成笑話。」

這不是實話，她所說的每一個字都是假的，她的心絞痛得讓她幾乎窒息，但她的臉上卻沒有流露出半點軟弱痛苦。她已經什麼都沒有了，至少要留著讓自己驕傲退場的力氣。

諾帝斯往前一步，把兩人之間的距離拉近：「為什麼到了這種時候，妳還是這麼喜歡逞強呢？」

「你這麼說不是很矛盾嗎？」風暮音微仰起頭，用一種奇怪的目光看著他：「你自己都說我這個人類目光狹隘，所以就算要愛，也應該愛上這個人吧。」

她說話的時候，慢慢將身體轉了過去，面向站在那裡的蘭斯洛。

諾帝斯用比冰還要冷冽的目光，看了一眼滿臉驚訝的蘭斯洛：「妳不會告訴我，妳看中的只是這個人類的軀殼吧？」

「如果你真的相信，那些虛偽噁心的謊言能讓我愛上你的話……」風暮音嗤笑一聲：「你太不瞭解人類了，對狹隘的人類來說，眼前的就是最真實的，我才不管靈魂那種看不見摸不到的東西。」

「看在妳這麼有精神的分上，我可以做出一些退讓。」被貶低的諾帝斯不但沒有惱火，反而笑得更加開心：「畢竟我只是今天的第一個驚喜，而不是最後一個。」

這句沒頭沒腦的話讓風暮音忍不住回頭看他，但她卻什麼都沒有看到。

那個聖潔高貴到刺眼的「天帝」，居然就這樣突兀地消失，沒有留下一絲痕跡。風暮音只覺得眼前發黑，晃了一晃，差點摔倒在地。但她還是撐住了，她站在那裡把背挺得筆直，直到脊梁都能感受到一股難忍的疼痛。

「暮音……」蘭斯洛喊她。

風暮音好像什麼都沒聽見，她側過頭問金先生：「晨輝被他帶走了嗎？」

金先生張開嘴像是要說話，最後卻只點了點頭。

「他帶走晨輝，是想做什麼？」她又問。

「娶她為妃。」金先生回答得簡單有力：「如果沒被他發現，他娶的那個就會是妳。」

【第二章】

Lies and Love

他要娶晨輝？這……這簡直就是……

「這一點都不奇怪。」金先生沒什麼表情地說著：「說到身分，他們兩個其實非常相配。」

「就因為這樣？」風暮音的語氣不由得尖銳起來：「你就這樣讓他把晨輝帶走了？」

「妳不明白他有多麼可怕，從來沒有任何人能夠改變他的決定。」金先生垂下眼簾：「再說，我也沒有什麼立場阻止他，我的背叛和隱瞞已經是很重的罪了。」

「我不知道他有多可怕，我唯一看見的，是你在他面前卑躬屈膝的樣子。」風暮音挑起眼角看他：「你沒有立場？那你有沒有想過，要是晨輝知道你這麼隨便地把她拱手送人，她會是什麼樣的心情？」

「妳什麼都不知道。」

「這真是一個好藉口，怯懦總是因為有苦衷嘛。」風暮音刻意地諷刺他：「說不定你正在為擺脫晨輝這個累贅而暗自高興呢。」

「風暮音，妳說夠了沒有？」金先生的臉色變得難看起來：「如果不是因為妳……」

「因為我？因為我又怎麼樣？」風暮音冷笑著反問：「你是要把責任推卸到我身上嗎？你倒是說說看啊，這又關我什麼事？我正想找人問清楚呢！」

金先生的臉色頓時難看到了極點，他的手從袖子裡伸了出來，殺氣在眼中凝聚。風暮音扯動嘴角，想繼續說下去的時候，一個黑色的身影攔到了她的面前。

「金先生。」蘭斯洛略微回首，用眼角餘光看了眼臉色蒼白的風暮音：「你應該比我清楚，事情發展到現在這個地步，並不單純是某一個人的責任。」

金先生臉色並沒有轉好，卻還是慢慢地將手垂下。

「暮音，我知道妳很難受，不過現在不是賭氣的時候。」蘭斯洛轉過身，對著風暮音說：「妳先冷靜下來，我必須要告訴妳一些事情。」

「我不想聽你說的任何話。」對著這張臉，她根本沒辦法冷靜下來。

「暮音！」蘭斯洛急切地說：「妳聽我說……」

「不論你說什麼，都和我無關，因為我們本來就是無關的人。」風暮音打斷他，轉過身往外走去：「還有，赫敏特先生，既然你認為自己很瞭解我，就應該知道我最討厭被人愚弄。」

不再理會其他，她就和來時一樣，一步步走過青石小路，繞過灰色照壁，跨出了朱紅色的大門。

「你想對她說什麼？」直到風暮音的背影消失，金先生才問蘭斯洛：「你應該知道，一旦祕密被揭穿，這就是她必須面對的一切。」

「我相信她足夠堅強。」蘭斯洛面色黯然，回答卻很肯定：「她有面對任何困難的勇氣。」

「就算她全身披滿了鱗甲，也會有一兩處柔軟的地方。何況越是堅硬的東西，越是容易被粉碎。」金先生冷冷地說著：「我倒要看看，她到底有多堅強，而那種堅強又能改變什麼。」

說完，他就步伐僵硬地離開，把蘭斯洛一個人留在那裡。蘭斯洛垂頭站著，握緊的拳頭裡滲出一絲鮮血。

一切已成定局，誰也無力改變。

一口氣走出安善街，風暮音站在人來人往的大街上，閉起眼睛仰著頭，用力地呼吸著空氣，直到整個胸腔像是就要裂開一般地疼痛。

不論是會用生命保護自己的，還是那個說愛著自己的天青，原來都是不存在的。她只能放聲大笑，一點一點把那些堵塞在胸口的東西從身體裡面趕走。直到最後她笑得筋疲力盡，整個人蹲在地上，還是斷斷續續地笑著。每一個從她身邊經過的人，都用看瘋子一樣的眼神看著她。

可是誰在乎呢？就算今天她真的瘋了，又有什麼人會在乎呢？

「沒有人可以這樣愚弄我。」她蹲在那裡看著地面，心平氣和地自言自語：「天青，我是不會原諒你的。」

天空中翻滾起濃密的烏雲，一場突如其來的大雨傾盆落下。

沒過多久，滿街的行人已經不見蹤影，白茫茫的雨中只留下風暮音一個人。她慢慢地站起來，慢慢抬起頭，看著雨水落到自己身上前，就被光一樣的屏障擋在外面。

又一陣抑制不住的笑聲從她的嘴角溢出。

「我的公主為什麼這麼傷心？」嘈雜的雨聲中，一個戲謔的聲音在她耳邊響起：「是誰趁著大人不在，偷偷欺負落單的孩子？」

風雨聲驀地消失。

風暮音還沒來得及張開眼睛，就直覺地往後退去。

她才後退兩步，腳下忽然踏空，她的心彷彿也跟著一空，連忙慌亂地伸出手。千鈞一髮之際，她在空中亂舞的手抓住了某樣東西，才總算保持住平衡。

她急切張開的眼中，映入一片混沌的天空，雲層中翻滾著明亮的閃電，似乎正伺機撕裂一切。緩緩下移視線之後，看到被自己拉住手的那個人，正站那裡對自己微笑。

隨風飄揚的絲綢長袍，捲曲凌亂的黑色長髮，這個魔魅迷人的男人——是席狄斯。

風暮音反射性地想要鬆手，卻被對方搶先把她的手圈在掌心。

「就應該這樣。」那溫熱的手摩挲著風暮音僵硬的指節，席狄斯輕柔地說：「在任何時候都不要閉上眼睛，只有清清楚楚地看到一切，才能夠知道妳有沒有站在足夠安全的位置上。」

風暮音順著他的視線回頭，發覺腳下是看不到底的黑暗深淵。她只有一隻腳尖踏在石階上，完全靠席狄斯抓著她才沒有摔下高塔。

「為什麼……」就好像夢一樣？為什麼自己會在這個地方？

「這不是夢，是我把妳帶到了這裡。」席狄斯勾起嘴角，成為今天第二個覺得她呆滯表情十分有趣的人：「這很容易做到，只要妳想學，很快就能學會。」

「放開我！」那個笑容讓風暮音背上的汗毛豎了起來，她忙不迭地想甩開兩人相握的手。

「妳確定？」席狄斯完全忽略了這微弱的反抗，他的指甲輕輕地在風暮音手腕上滑動，沿著上面的圖案仔細描繪著每一根線條：「要是我一鬆手，妳就會摔得粉身碎骨，妳一點也不害怕嗎？」

「有什麼好怕的？」風暮音冷冷地盯著他：「落在你手裡，比粉身碎骨還要可怕萬分。」

「妳很快就會明白，我和那些虛偽的傢伙不同，我不會傷害妳的。」席狄斯用另一隻手攬住了她的腰，把她摟進自己懷裡：「雖然有點過分，但我也是為了妳好。如果沒有被徹底欺騙過，妳永遠不會知道真實的世界有多麼殘酷。」

風暮音從被他摟進懷裡的那一刻開始就已經完全僵硬，哪裡還能聽到他在說些什麼，但偏偏用盡力氣也掙脫不開他的禁錮，只能沒用地大叫放手。

「我的公主，妳不能繼續在城堡裡沉睡，該是醒過來的時候了。」席狄斯慢慢地放開她，但手掌還貼著她的臉頰，笑容裡帶著她看不懂的東西：「這是為了妳，也是為了我們的王國……」

「你為什麼說『我們』？」她是不是聽錯了，她居然聽到席狄斯用「我們」這個詞。

「這是個驚喜。」席狄斯鬆開她，用曖昧的表情說：「今天也許會成為一個紀念日。」

畢竟我只是今天的第一個驚喜，而不是最後一個。

「你想說什麼？」風暮音後退了一步，和席狄斯拉開距離，臉上浮現出戒備的神情。

「妳最好有所準備。」席狄斯憐憫的表情很誇張，就像刻意假裝出來的一樣：「因為接下來將要發生的一切，或許會讓妳的心情變得很糟糕。」

「糟糕？」風暮音動了一下嘴角：「今天已經是我人生中最糟糕的一天了，我倒是想知道還會糟糕到哪裡去？」

「如果讓我告訴妳，藍・緹雅是另一個無恥的騙子，妳所遭遇的一切都是經由他的雙手製造出來的呢？」

風暮音皺起眉頭，用一臉莫名其妙的表情看著他。

「妳當然不會相信我說的話，不過我早有準備。」席狄斯側身讓開，把通往塔頂的路讓了出來：「去吧，他正等著親口告訴妳那個驚喜。」

看到風暮音愣在那裡，席狄斯過來拉住她的手往上走。

「等一下！」在那扇拱門前停下的時候，風暮音終於回過神：「你想做什麼？」

席狄斯用指尖一推，那扇曾經讓風暮音摔下高塔的門應聲而開。

「我什麼都不想做。」席狄斯把手放在風暮音的肩上，輕輕用力：「我會在這裡等妳，希望妳出來的時候，已經想通誰才是妳真正能夠依靠的人。」

風暮音被席狄斯一推，不由自主地走到門中。而當她想回頭問清楚的時候，門卻已經被關上了。

沒有任何阻礙，也不過是很短的距離，但風暮音用了很長的時間，才走到了父親所在的房間外面。不能否認，她還是因為席狄斯說的那些話而動搖了。明知道他說的不可能是真的，還是免不了受到影響。

席狄斯說，父親他是……風暮音用力晃了晃腦袋，把那些亂七八糟的話和念頭從腦海裡趕出去。她不能忘記說這些話的是個魔鬼，魔鬼總是擅於用謊言欺騙別人，這是連小孩子都知道的事情。

雖然不知道他這麼做的目的，不過既然他讓自己來見父親，說不定這是個難得的機會。這一次，她一定要弄清楚父親到底有什麼苦衷。她已經什麼都沒有了，所以就算拚了命，也要讓父親擺脫這種被囚禁的生活。

她推開了那扇門。

不久之後，當她從這扇門裡走出來的時候，終於明白了席狄斯為什麼說今天也許會成為一個紀念日。

但此刻的她還不明白，於是她毫不猶豫地推開了那扇門。

不論如何，那是她的父親，是這個世界上唯一不會傷害自己的人。那時的風暮音，就是這麼堅定地認為著。

她無法想像也預料不到的，是或許這扇門被推開的那一刻，「今天」才能算是真正開始──

精靈之王緹雅坐在房間另一邊的椅子上，正聚精會神地盯著什麼。風暮音看到他完好無缺，心裡總算鬆了口氣，她真的很害怕席狄斯對自己的父親做了什麼。

「爸爸。」不知道為什麼，她面對父親的時候，變得格外謹慎小心。以前並不是這樣的，他們之間毫無芥蒂，就像真正的、最親密的親人。

也許是因為外表的改變吧。

雖然感覺並沒有太多變化，但他現在的樣子完美得有些不太真實。精靈之王的外表給人虛幻脆弱的感覺，好像說話大聲一點，他就會消失不見。而一想到好不容易才找到的父親會再次消失，風暮音就感到慌張害怕。

自從她長大後，已經很少害怕什麼了。內心偶爾的恐懼也只是因為受到幼年時經歷的影響，好像忽然在生命裡消失、再也沒有回來過的父親，又或者是那個拿著血淋淋眼球的……不，不能想那個騙子了！一直想著他只會令自己更加難受！

風暮音輕手輕腳地跨越鋪著厚厚地毯的房間，走到父親身邊。只是這樣慢慢靠近，她的眼眶就湧上了一股酸澀。

「爸爸。」雖然她很想大哭一場，可更不願父親為自己擔心，所以她極力壓抑著，說：「我來看你了。」

緹雅抬起頭看她，笑著點了點頭。

風暮音跟著笑了出來，她跪坐到地毯上，摟住了緹雅的腿，把頭枕在他膝蓋上。就好像很久很久以前，她覺得累了就會這麼做一樣。

而現在，她真的感覺十分疲倦。

緹雅用手指輕柔地替她梳開糾結的頭髮。

「爸爸。」她把頭埋在緹雅的衣服裡，含含糊糊地說：「只有你不會騙我。」

緹雅梳著她頭髮的手指忽然頓住，風暮音感覺到某種異樣的氣氛，抬頭見他失神地看著某樣東西，好像世界上除了那樣東西，對他來說什麼都沒有意義一樣。風暮音的心顫了一下，不由自主地鬆開手，跪坐在地上往牆邊看去。

緹雅專注看著的，是在他面前的一幅畫。畫裡有著烏黑頭髮和明亮眼睛的女性正用慈愛的目光，低頭注視懷裡的孩子。

「原來我小時候是這個樣子嗎？」風暮音伸出手，用手指碰了碰畫上那個沉睡的小嬰兒：「真是難以想像。」

「從出生開始，就是一個很漂亮的孩子。」緹雅彷彿在囈語：「是我所見過的、最可愛的孩子。」

風暮音回過頭，愣愣地仰望著緹雅。也許是因為情緒低落的關係，眼前這個她最親近的人，在昏暗的光線中，竟高貴得如此陌生。

「暮音，我的聖石呢？」緹雅突然問她。

「聖石？」風暮音茫然地反問：「什麼聖石？」

「就是神聖者水晶。」

「水晶。」風暮音心裡一動：「那塊徽章一樣的水晶嗎？」

「是的。」緹雅點點頭：「妳有好好保留著它嗎？」

「那是很重要的東西嗎？」風暮音無措地咬著下唇：「我是因為……所以現在放在晨輝那裡了，因為當時……」

「我知道。」緹雅和她四目相對。

「知道……」問題是他問的，「知道」也是他說的，那又是什麼意思？

風暮音有些困惑。

「那原本就是要給她的東西，雖然早了一點，但也沒有太大的關係。」緹雅站了起來。

「爸爸，你在說什麼？」緹雅站在那裡，風暮音被籠罩在他的影子裡。

「暮音，也到了該把事實告訴妳的時候了。」緹雅離開椅子，走到那幅畫像面前，輕輕撫摸著畫中的人物。

「告訴我什麼？」風暮音疑惑地看著他：「什麼事情？」

「真實的故事，關於我隱瞞妳的一些事情。」緹雅的手指停在嬰兒的臉上。

「爸爸，你在說什麼？」

「很抱歉，隱瞞了妳這麼久的時間。」緹雅轉過身，平靜地面對著她：「暮音，我並不是妳的父親。」

昏暗的房間裡一片死寂，緹雅身上散發出來的朦朧光亮，只能照亮他和他身後的那幅畫，卻無法照到往後退了幾步的風暮音。

「不要這樣。」風暮音扶住身邊的椅子，抿了抿異常乾澀的嘴唇：「不要和我開玩笑了，爸爸，我今天真的已經……」

「這不是玩笑，也不是遊戲。」緹雅的表情很溫和，但那種表情根本不適合這個殘忍的話題：「暮音，事實就是如此，從血緣上來說，妳不可能是我的女兒。」

「爸、爸爸……」風暮音低下頭，看著自己的腳尖，還有腳下厚重的深色地毯：「你知道自己在說什麼嗎？」

「我並不想這麼早讓妳知道，但已經無法繼續隱瞞下去了。」緹雅嘆了口氣：「與其讓妳從別人口中知道一切，不如由我來告訴妳。」

風暮音顫顫巍巍地吸了口氣，冰冷的空氣從喉嚨竄進她的胸口，令她感到有些難受。

「雖然我很希望妳是我的女兒，但血緣是無法偽造和更改的。」緹雅終於無法保持平和，他緊緊皺起眉頭：「妳的確是我妻子的女兒，但妳的父親……是席狄斯。」

【第三章】

Lies and Love

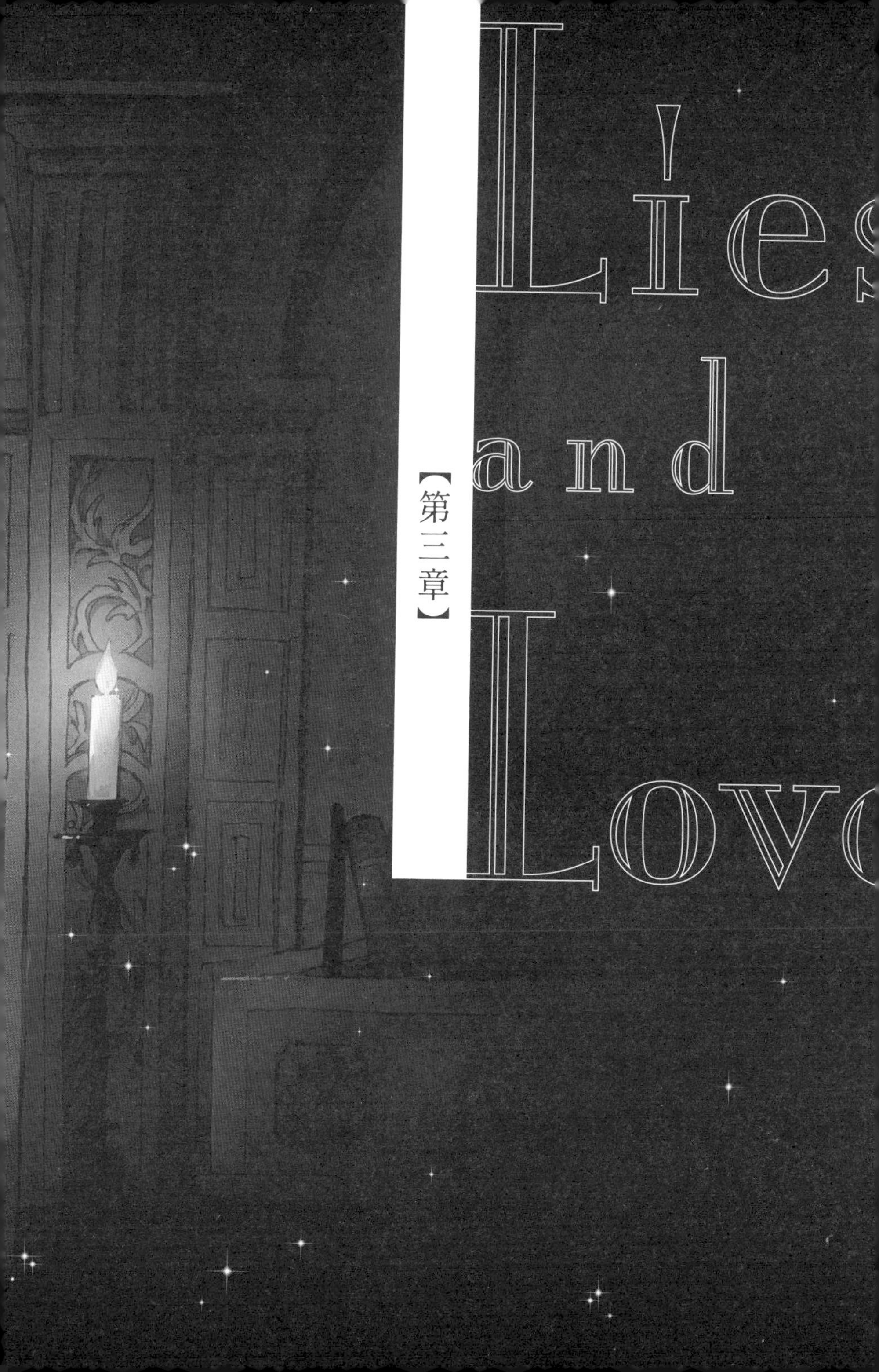

風暮音的瞳孔驟然收縮，她猛然抬起頭。

「你再說一遍——」她聽見自己用尖銳的聲音問道：「你說我是誰？」

「紫色的眼睛，黑色的翅膀，那是魔界王族的特徵。」緹雅走到她的面前：「魔界王族都有著紫眸黑翼，他們往往在成年期間會因為無法控制紊亂的力量而控制不了背後的翅膀。妳因為情緒波動而產生的外表變化，就是最有力的證明。」

「不會的……那是因為……」風暮音拉住緹雅的手臂，語無倫次地對他解釋：「爸爸，那是因為契約的關係……我被契約……你知道，我的眼睛本來不是紫色的！還有翅膀……這都是因為契約的關係，你知道的！你知道的啊！」

「我當然知道，我怎麼會不知道呢？雖然說席狄斯那玩笑一樣的契約，的確發揮了某些作用，不過和妳想像中的並不相同。」緹雅按住了風暮音抓著自己的手，感覺到她正不住發抖：「暮音，這才是妳真正的樣貌。之前是因為在妳出生不久後，我就使用封咒的法術，隱藏了妳的力量和改變了妳的外貌。」

「可是夢神司明明說，這是被契約帶有的強大魔力慢慢侵蝕，所以才會變成這樣啊！」風暮音努力辯解：「難道他也在騙我嗎？」

「不，妳誤解了他的意思。契約的確會讓妳被魔力侵蝕沒錯，不過被侵蝕的不是妳的身體，而是我賦予妳的封咒。」緹雅加重手上的力道，似乎是在安慰她，不過所說的話卻一點也沒有慰藉的意思：「雖然席狄斯的力量強大，但要破除我的封咒也不是容易的事情，我沒想到的，是妳體內潛伏的魔族血統，會被外部這微不足道的契約引發。內外侵蝕之下，封咒被破除，妳也恢復了真正的樣子。」

「是這樣嗎？」風暮音吶吶地問，或者她根本不知道自己在說什麼：「我不是你的女兒，而是你的妻子和魔王生下的孩子……」

「是這樣的。」緹雅的眼睛看起來不再清澈安定，而是浮現出一種晦暗的色彩：「我因為一個自私無恥的原因，欺騙了妳許多年。」

風暮音的手指頓時收緊，她緊緊抓著緹雅。眼前這比在安善街更加出人意料的狀況，讓她更是不知所措。

「我不是你的女兒……就算這樣，那又有什麼關係呢？」比起自己是魔王的女兒這件事，緹雅臉上的表情讓風暮音更加不安：「在我心裡永遠只有你是我的父親，我不承認那個魔王是我的……不，我絕對不會承認的！」

風暮音很確定，只要緹雅說一句「在我心裡，妳就是我的女兒」，自己根本不會多想其他事情，哪怕那些「其他事情」可能是某些重要的關鍵。

「在契約出現之前，連席狄斯都不知道妳是他的女兒。」緹雅的反應並不像風暮音預料的那樣，他只是說：「而我是因為其他原因，才不得不隱瞞一切收養了妳，所以這些年來，我一直覺得十分內疚。」

「但我能感覺到你對我的好，你對我就像對待自己的親女兒一樣，這對我來說已經夠了。我不在乎我身上流著那個魔鬼的血，他是他，我是我，我們是不一樣的！」風暮音幾乎是用哀求的眼神看著他：「你改變了我的樣子，也只是為了保護我吧？你怕我被席狄斯發現，你只是想把我當成自己真正的女兒吧？我也是啊，我——」

「事實上，那並不是真正的原因。」在風暮音期盼的目光中，緹雅卻回過頭，緩慢地開口：「我有一個女兒，真正的女兒，她是我和我妻子最珍愛的孩子。為了她，我願意做任何事情。我所做的一切，都是為了她。」

風暮音跟著他看了過去。

畫裡的嬰兒有著柔軟的淺色頭髮，五官精緻美麗，不難看出和父母有幾分相似，如果是長大以後……

「她是誰？」風暮音手腳無力，臉色慘白：「你『最珍愛的女兒』到底是誰？」

「她叫做晨輝。」

「是不是晨輝！」

他們幾乎同一時間說出了這個名字。

風暮音從緹雅溫熱的手掌下抽回了自己冰冷的手。

「我知道了，我什麼都知道了。」她點著頭：「我終於明白為什麼會這樣了。」

她很佩服自己居然能在這樣的情況之下，從亂成一團的線索中抽出最重要的源頭，然後一切簡單又理所當然的真相就這樣顯露出來。

「為什麼？你為什麼要這麼做？是為了晨輝嗎？為了保護她不受到席狄斯的傷害？所以你收養我，讓所有人把目光放在我身上，然後所有人都搞錯了，所以晨輝就會很安全，對不對？」暮音一邊說一邊後退：「如果說席狄斯想殺了你的孩子，或者天……那個人要帶走你的女兒，這些都不是你樂意見到或無力阻止的，所以你製造了一個贗品，對嗎？」

「暮音，也許這件事……」緹雅的表情有些吃驚，但更多的是難堪。

「真的是這樣，原來是這樣的……」風暮音一直退一直退，一直退到了窗邊：「你別過來，別過來……」

她的一生之中，沒有什麼時候像此刻一樣。她知道自己至少該說些什麼或做些什麼才行，可是她什麼都說不出來，也不知道該怎麼做。如果說天青的謊言令她的心臟絞痛，那麼現在她的心裡只剩下一片茫然。

「原來不是被騙了，而是所有人都把我當成能夠隨意愚弄的傻瓜。」她只能對自己說：「原來、原來……」

「暮音。」緹雅朝她走了過來。

「我讓你不要過來！」風暮音近乎歇斯底里地大喊，緹雅只能停了下來，不再靠近她。

濃重的陰冷和黑暗透過窗戶纏繞著她，將她連皮帶骨徹底吞噬。

「我懷疑過所有的人，甚至是一直說愛著我的天青，但我從來沒有懷疑過你。」半隱在黑暗之中，風暮音喃喃說著：「從來都沒有懷疑過，我最愛的和最愛我的父親。」

「我希望妳不要恨妳的母親，這一切都是我的過錯。」說這些話的時候，他藍色的眼睛裡閃動著悲痛的光芒，任誰看到了，都會不忍心責怪他：「還有晨輝，她完全不知情，她出生沒多久就被送走了，她也……」

「那我呢，爸爸？」風暮音加重了那兩個字：「你為她們設想，希望我不要責怪別人，那你有沒有為我這個贗品考慮過呢？」

「如果可以，我也不想做如此卑劣的事情，可是這中間有太多曲折，我沒辦法和妳說明。」緹雅垂下眼睫：「我沒有想過要犧牲妳保全自己的女兒，我只是希望妳能夠幫助她，改變她可悲的命運……」

「因為什麼都比不上你對親生女兒的感情，是嗎？」風暮音用力咬住嘴唇，拚命控制著即將崩潰的情緒：「還是因為我……因為我是你的妻子和魔王生下的女兒。」

緹雅一顫，抬起頭來看著她。

風暮音站在窗前，黑色的頭髮黑色的眼睛，用一種怨恨的表情看著自己，這讓緹雅想到了自己所愛的那個人。

「暮音。」他閉上眼睛，不再試圖解釋，只是說：「妳有理由恨我。」

「你很抱歉，你很內疚，但你到現在都沒有後悔。」風暮音背靠在窗上，藉此支撐著自己的身體：「你不愛我啊，父親。你對我那麼好，恐怕也只是你覺得自己很過分，你感到內疚，所以想要補償我。你並不是像愛自己的孩子那樣愛我，你只是覺得良心不安。」

你為什麼對我那麼好？如果你對我很壞，今天我恐怕就不會這麼傷心了。你為什麼要對一個你應該恨的孩子，說你愛她？

好過分……

「真是偉大的父親，真是偉大的父愛，真是值得稱頌的偉大壯舉。令我感到遺憾的，是你不是我的父親，而我只是你偉大父愛的犧牲品。」她像是說給緹雅，更像是說給自己：「我只是一個仇人的孩子，他憎恨的孩子。連他都在欺騙我，那我又應該怎麼去相信別人呢？」

最不可能欺騙自己的人，居然是最高明的說謊者。

一道閃電從窗外劃過，巨大的聲響和閃光讓風暮音渾身一震，她不由自主地用雙手環抱住自己。

「暮音，妳不要這樣。」緹雅在下一道閃電到來之前，把風暮音摟進懷裡：「如果怨恨能讓妳好過一點，那妳就恨吧。」

「恨？不，我不恨你。」雖然這個懷抱還是一如既往地溫暖，但那溫度只能停留在表面，無法再傳入風暮音的內心：「你花費了這麼多心血，最後還是沒有成功保住自己的寶貝女兒，這對你來說就是最大的懲罰了。我的事，就不勞煩你操心了。」

風暮音輕輕推開緹雅。因為她的眼神，緹雅也慢慢鬆開手。他從來沒有想過，會在比誰都依賴自己的風暮音眼睛裡，看到這種目光。那就好像在看一個不認識的陌生人，冷淡疏離。

「很抱歉來打擾你，緹雅殿下。」風暮音僵硬地彎腰，像木偶般對這個人行禮：「謝謝你那些年對我的照顧，只要一想到那些日子，我就會感到非常幸福。就算，那都只是虛假的。」

走出那道拱門的時候，風暮音想，這一天真是一個值得紀念的日子。

「這個世界本來就充滿謊言。」席狄斯就站在那裡等著：「魔族是世上最冷酷也最頑強的種族，是不會被這種事情打倒的。何況妳身上流淌著黑暗帝王的血脈，就更不應該把這些小事放在眼裡。」

「我不想和你說話，我不想和你說話，我不想和你說話……」風暮音從他面前走過，翻來覆去地碎念著。

「好吧，等妳想和我說話的時候，我們再說。」席狄斯露出無奈的表情，不過轉瞬就變成了洋洋得意：「在妳需要我的時候，我就會出現在妳面前，因為妳是我最珍貴的『公主』啊——」

「我不想和你說話，我不想和你說話……」風暮音一邊念，一邊沿著石階往下走去。

「既然生於黑暗，總有一天會回到黑暗中。」

風暮音停了下來，回頭看著席狄斯。席狄斯朝她微笑，做了個類似揮手的動作，心情很好地看著她的身影漸漸消失在空氣之中。

「緹雅，我真該好好感謝你。雖然現在還缺少了一點東西，不過很快，她就會成為我理想中的孩子了。」席狄斯得意地笑了起來，回頭對著那扇拱門說道：「渴求光明是本能，就算是出生於黑暗的魔物也不例外。可是她很快就會知道，光明並不適合她，只有捨棄了人類的軟弱，才能駕馭真正的黑暗。」

為什麼不下雨？

風暮音坐在高樓樓頂的邊緣，來回搖晃著懸空的雙腳。她偶爾會抬起頭，看著林立高樓也掩蓋不住的那道彩虹。

藍天，白雲，陽光燦爛，居然還有彩虹？

真是一點都不會體諒人，這時候就應該來一場狂風暴雨，才能把悲慘昇華到更高的境界啊。

我需要的，並不是妳……

這句話，還真是刺耳。

「為什麼還不跳？」一個縹緲的聲音在風暮音耳邊問：「妳在坐這裡很久了，我知道妳想跳下去。」

「自殺？我為什麼要自殺？」她低著頭，盯著自己搖晃的腳尖：「自殺是懦弱的行為，我才不想自殺。」

「可是妳看起來很傷心。」一些白色的影子在她身邊飄動：「妳真的不想跳下去嗎？」

「就算再傷心難過又怎麼樣？就算跳下去了又怎麼樣？難道要像你們這些懦弱的人一樣，只留下重複死亡過程的意念，連自己為什麼要死都不記得嗎？」風暮音冷笑：「不，我要活著。我要記得他們這麼對待我，我要活著看他們到底能做到什麼地步。」

她眼中閃過一瞬的怨恨，瞳孔的顏色變成了沉沉的深紫。白影好像被她的樣子嚇到，瞬間四下飄散。

她一直坐在那裡，從清晨直到黃昏，從怨恨變成茫然，所有的一切都變得遙遠，這個世界似乎只剩下她一個人。

「暮音。」當彩霞布滿天際的時候，終於有人闖進了她的世界。

「暮，是黃昏的意思，黃昏就是即將進入黑夜，而黑夜代表著黑暗……黑暗的聲音，也只能是魔鬼的話語了。」風暮音好像在自言自語：「取這個名字的人還真幽默。」

「暮音，聽我說話好嗎？」那人慢慢走到她的背後。

「我沒心情。」風暮音漫不經心地朝後揮手：「下次再說吧。」

「如果我現在離開了，就永遠無法再靠近妳了吧？」那個人溫和卻堅定地說：「我不會走的，暮音。」

風暮音慢慢收攏手指，側頭看了過去。

「妳不用理我沒關係。」他和風暮音一樣坐了下來：「只要給我一個說給妳聽的機會就好了。也許我所說的一切，能夠解開妳心裡的一些疑問。」

風暮音把頭轉了回去，繼續盯著自己的鞋子。

「就像妳今天所知道的那樣，我叫蘭斯洛．赫敏特。」蘭斯洛雙手向後撐著，臉上的表情自在舒適：「我們的第一次相遇是在迷霧森林，而在遇到妳之前，我在那裡待了整整十二年。」

聽到這個數字，風暮音的目光一動。

「妳知道嗎？據說是因為赫敏特家族遭受了惡魔的詛咒，所以我們家族的後裔，通常活不過三十歲。不論想盡任何辦法，都沒有人能逃脫這種宿命。在三十歲之前，我們家族的每一個成員都會死於非命。」蘭斯洛用手撩開額前被風吹亂的頭髮：「但我並不覺得這是詛咒，說穿了，這只是某種致命的基因缺陷而已。畢竟近親結合的後代很容易有各式各樣的先天缺陷，壽命短暫也不奇怪。」

風暮音終於轉過頭正視著他。

【第四章】Lies and Love

「很奇怪嗎?據說這是為了保證純正的血脈和力量，所以每一代繼承人都必須在旁系中選擇自己的妻子。」蘭斯洛指了一下自己綠色的眼睛：「我的父母不幸是親兄妹，而這就是近親亂倫的證據。還好這一代，赫敏特家族包括旁系就只剩下我一個了，因此我才能逃離那種無知可笑的傳統。不過，依舊沒能逃脫被詛咒的宿命，我甚至比祖先們都還要短命。在我十三歲那年，詛咒就已經應驗了，我被人殺死在荒涼的郊外。」

「十三歲就死了嗎?」風暮音喃喃地說：「真是可憐。」

「沒什麼好吃驚的，赫敏特家族站在世界巔峰的時間，已經久到讓人覺得厭煩。」蘭斯洛笑著說：「也許不能得到正式加冕，但成為這個世界背後的帝王，實在是一個太大的誘惑。只需要除掉一個微小的障礙就能得到這樣的地位，有這樣的機會放在面前，恐怕沒有幾個人能夠拒絕。」

「你還活著。」風暮音陳述著事實。

「對，因為這具軀殼。」蘭斯洛舉起自己的手，仔細地看著：「我一直以為自己憎恨著這令人厭惡的身體，卻沒想到在失去它之後居然如此不甘心。不論再怎麼骯髒可恥，只要能活著就足夠了。」

風暮音沒有說話，只是等他繼續說下去。

「我十三歲的時候，成為了狩魔獵人組織的首領，但因為當時肅清反對人士的手段稍顯激烈，所以被人暗殺。就在那個時候，我遇到了那個人，或者說，我在生命最後的時刻遇見了天上的萬神之王。」蘭斯洛長長地舒了口氣：「他說如果我願意把軀殼暫時借給他使用，他就能讓我活下去。那個時候我求生的欲望高於一切，別說他是神，就算他說自己是魔物，我可能也會毫不猶豫地答應。」

「我們以前就認識嗎？」風暮音忽然開口提問：「我和你是不是在很久之前就已經認識了？我的記憶裡好像有一段空白，怎麼也想不起來，風雪說那是因為事故的關係，但我不相信。算一算時間，正好也是十二年前。」

「不，我們並不認識。」蘭斯洛搖了搖頭：「我一直生活在歐洲，唯一離開的那次，就是被謀殺的時候。十二年前，我是在N市的十六號公路附近出事的。」

「差不多也是那個時候，我就住在離N市十六號公路不遠的地方。」風暮音勾起嘴角：「看來，我缺失的記憶果然和他有關。」

「是的，也許後來你們遇到了，然後……」

「然後他把我的眼睛挖了出來，抹去我對他的記憶，讓我以為自己十二年前只是遭遇了一場普通的『事故』。」風暮音打斷蘭斯洛，回望著他驚訝的表情：「我闖進夢神司的黃泉世界時，曾經看過那時的情景。只是我一直不知道，原來那個可怕的惡夢竟然源自於他。」

「人永遠都不能明白神是怎麼想的，就好像他永遠都不明白妳對他的感情一樣。」蘭斯洛意有所指：「他能夠輕易得到一切，所以根本不懂珍惜。」

「我不想聽這些。」風暮音再一次打斷他，移開了視線：「那個人和我沒什麼關係了。」

蘭斯洛的目光霎時暗沉下去。

「因為那時我不能算是死亡，於是被困在了黃泉世界。」他整理了一下情緒，重新開始說關於他自己的過去：「夢神司給了我一個臨時的軀體，妳看到的枷鎖其實是為了保護我的靈魂。他讓我在迷霧森林等待，但沒有告訴我究竟要等待什麼。在迷霧森林裡日復一日遊蕩著，簡直是比死亡還要痛苦的事情。就在我開始認為自己永遠都不會再回到這個世界的時候，我遇到了妳和那個占據了我軀殼的……」

「你們都認出了對方，卻又不能在我面前表現出來。」風暮音點點頭：「怪不得我總覺得奇怪。」

「在迷霧森林的最後一個晚上，他告訴我要把身體還給我，讓我回到人類世界。我的第一反應是問他妳要怎麼辦，於是他告訴了我一些事……」蘭斯洛說到這裡瞥了一眼風暮音，看她的表情沒什麼變化才繼續說：「那些事讓我很吃驚，然後，妳衝了過來……」

「我看到了真正的你，還有真正的他。」

「是的。他警告我不許向妳透露任何事，而我對他始終有一種很深的恐懼，也知道自己根本沒有反抗他的能力。」蘭斯洛苦笑：「他雖然被稱為神，在我心裡卻比魔王還要可怕百倍。他似乎能洞悉你的每個念頭，抓住你的每個弱點，能夠把你玩弄於股掌之上。所有人都是他手裡的棋子，沒有誰能逃脫他的擺布。」

「沒有誰能逃脫他的擺布。」風暮音重複著，然後問：「真的誰都不能嗎？」

「就算我現在用自己的身體活著，看起來像是自由的，可事實上他依舊控制著一切，狩魔獵人組織不過是他在人類世界一個便利的工具。」蘭斯洛臉上帶著嘲諷的表情：「恐怕赫敏特家的祖先們會很榮幸，我們終於能夠為神所驅使了。可是這個神想要把世界帶往什麼地方，又有誰知道呢？」

「是啊。」風暮音把頭靠在收攏回來的膝蓋上：「這個世界充滿謊言，想信任誰，誰就會背叛你……」

「暮音，到了這個時候，妳還愛著他嗎？」蘭斯洛已經站了起來，黑色的短髮遮住了他的眼睛：「他欺騙了妳、傷害了妳，妳還會愛著他嗎？」

「誰沒有欺騙我？誰沒有傷害我？」風暮音把臉埋進自己的臂彎：「還是在同一天，所有的人聯合起來，給了我一個天大的驚喜。」

「我不希望看到妳這麼難過的樣子。」

「也許我並不是非常傷心。」風暮音的反應有些茫然：「我沒有哭過，連一滴眼淚都沒有流。」

「並不是流淚才叫傷心。」蘭斯洛緊皺眉頭：「妳太倔強了，如果妳能哭出來，可能會好受一些。」

「之前從金先生家出來的時候，我真的很難過。等到我爸爸告訴我，我不是他的女兒，晨輝才是的時候，我覺得這個世界簡直瘋了，甚至產生了想毀滅一切的念頭。」風暮音用雙手把頭支撐在膝蓋上，定定地看著遠處：「可是剛才坐在這裡想著那些過去的事情，心裡卻慢慢平靜下來。我想，也許是因為我孤單太久了，所以才把對別人的感情看得太重。雖然被欺騙的感覺不太好受，不過除了變成大家眼裡的白痴之外，好像也沒有什麼太大的損失。」

「是這樣嗎？」蘭斯洛疑惑地問：「妳真的不怨恨欺騙妳的人？」

「嗯。」風暮音肯定地點點頭：「有什麼好恨的？那兩個主謀，一個是高高在上的統治者，一個是我喊了他二十年的父親。就算我再怎麼不甘心，那又能怎麼樣？」

「如果真是這樣的話就好了。」蘭斯洛看著她平靜的樣子，心中感到些許不安：「那麼暮音，妳會恨我嗎？」

「我現在反而覺得很輕鬆，可能是忽然之間，一切責任和壓力都消失了。」風暮音側著頭：「我也不是不想理你或怨恨你，只是覺得有點尷尬。我們其實不熟，但有段時間卻非常親密，我有點不知道該怎麼面對你。」

「我從出生開始直到現在，都生活在冷酷無情的世界裡，每個人都是別有目的地接近我，只有妳不一樣。」蘭斯洛單膝跪在她的面前：「不管別人怎麼認為，妳對我來說，永遠是沒有任何人或任何東西可以取代的。」

「如果我先遇到的是你，那麼我喜歡的人可能就會是你吧。」風暮音愣愣地看著他。

「暮音，妳說什麼？」蘭斯洛愣住了。

風暮音考慮了很久，才問他：「蘭斯洛，你喜歡我，是嗎？」

「是的。」蘭斯洛的目光裡充滿了驚愕和極力抑制的激動：「在迷霧森林相遇開始，我就一直喜歡著妳。」

「我個性古怪孤僻，一點也不討人喜歡。」風暮音認真地思考著：「你不覺得，也許溫柔的女性更適合你嗎？」

「也許吧。」蘭斯洛順著她的語氣說：「但我遇到的是妳，不是嗎？」

「我不但是魔族，還是魔王的女兒，這樣也沒關係嗎？」風暮音又問他。

「如果我說沒關係，那一定是謊話。」向來冷靜從容的蘭斯洛，第一次明顯地表露出慌張：「我不能否認，我用了一些時間來接受這件事，也許要用更多的時間，才能讓其他人也一起接受。但是和妳相比，這根本不算什麼。」

風暮音在他的注視中慢慢站了起來。

「雖然這裡風景很好，但一直待在這裡也沒什麼意思。」風暮音仰頭看著已經滿是星辰的夜空，把視線轉到蘭斯洛臉上：「我好像無家可歸了，蘭斯洛．赫敏特先生，你願不願意再次收留我呢？」

「妳說呢？」蘭斯洛伸出手：「我們回家吧。」

風暮音笑著把手遞了過去，讓蘭斯洛一把握住。

下樓的時候，樓梯間裡橘黃色的燈光感覺很溫暖。風暮音看著蘭斯洛的背影，臉上始終保持著微笑。只是在不經意間瞥見手腕上那抹刺眼的綠，她的心又開始跟著腳步慢慢下沉。

六個月後──

「讓我們一起感謝今晚捐款最多的嘉賓，因為他的慷慨捐贈，世界糧食組織的特別援助計畫將會加快進程。」隨著主持人舉手示意，宴會大廳裡的所有人一邊鼓掌，一邊朝被聚光燈照亮的某個角落看了過去：「女士們先生們，感謝蘭斯洛．赫敏特先生！」

蘭斯洛．赫敏特是歐洲赫赫有名的銀行鉅子，不過他向來行事低調，幾乎從不在公開場合露面，在座的人聽到是他，不免多留意了一下。

被燈光打亮的那張桌子，坐著一對穿著黑色禮服的年輕男女，他們臉上和其他人一樣都戴著精美的面具。那位男士首先站了起來，朝四周鼓掌的人們點頭致意，他的女伴卻坐在那裡動都不動，似乎一點都沒有被大廳裡熱烈的氣氛感染。

「赫敏特先生，請上來和大家說幾句話吧。」主持人在臺上說。

來賓們看到蘭斯洛．赫敏特先是彎腰對著身邊的女伴說了些什麼，然後才拉起她的手穿過大廳，一起往臺上走了過去。

赫敏特先生一身黑色晚禮服，紫水晶的領針和袖釦隨著他的動作不停折射著光芒。他的女伴則穿著黑色的高腰禮服，層疊的裙襬在行走間如同流動的水波四處飄散，全身唯一的飾物是別在頸側絲帶上的紫色水晶。

在他們沿途經過的桌子，幾乎每個人都做了同樣的動作——一臉驚訝地伸手揉了揉自己的眼睛。等到他們在臺上轉身面對眾人，剛才揉眼睛的人們才確信自己並不是眼花看錯。

蘭斯洛．赫敏特的女伴有一雙罕見的紫色眼睛，那有別於人工鏡片的效果，是一種非常純粹的紫色。就是因為那雙眼睛的緣故，讓這個明明應該是非常冷傲的年輕小姐，渾身縈繞著一種神祕而矛盾的妖魅氣質。

「各位晚上好，很高興能在這裡和各位共度充滿善意的美好時光。」蘭斯洛．赫敏特接過主持人遞來的麥克風：「就像剛才我被告知信用卡無法使用的時候，斯特洛銀行的總裁阿諾德先生剛好經過。他好心提醒我，絕不能信賴任何一家銀行，因為陰險的銀行家總是用一小片塑膠進行詐騙。所以我想說，這真是一個神奇的夜晚。」

大廳裡響起陣陣歡笑聲。

「當然，這只是個玩笑。」蘭斯洛．赫敏特等大廳安靜下來，才再次開口：「我今天來到這裡，主要有兩個目的。第一，當然是奉獻微薄之力提供捐款；第二，就是我想借這個機會，宣布一件事情。」

這句話一說出口，現場一片竊竊私語。大家不免猜測起蘭斯洛．赫敏特這次高調亮相，是否有什麼特別的含意。蘭斯洛．赫敏特就在這個萬眾矚目的時刻，伸手取下了臉上的面具。

他的容貌清晰地出現在聚光燈下，這個眾人心目中能左右世界經濟的金融寡頭，竟出人意料地年輕英俊。

「各位。」他優雅地挑起眉毛，表情說不出地神采飛揚：「我蘭斯洛．赫敏特，不久後將會迎娶我身邊這位風暮音小姐為妻，並且婚後我會把我和我家族一半的產業轉到她的名下。我希望在座的各位替我見證，並祝福我們。」

因為這個消息實在太過聳動，整個宴會大廳頓時鴉雀無聲。

「蘭斯洛，這是在開玩笑嗎？」他身邊的女伴是第一個反應過來的人。

「這種場合，我怎麼會開這種玩笑？」蘭斯洛・赫敏特轉身面對她，笑容滿面地說：「很抱歉，沒有事先告訴妳，我只是想要給妳一個驚喜。」

在座的一眾名媛淑女們，此時心裡多少有些嫉妒。畢竟蘭斯洛・赫敏特這樣「財貌雙全」的人十分稀少，偏偏這位王子今晚才剛粉墨登場，還沒來得及讓人有浮想聯翩的空間，就忽然宣布要迎娶某個陌生的女人，還要把一半的巨額家產雙手奉上，這實在是一件想想都令人掃興的事情。

現在的情形，就好像突然知道王子是真實存在的，那麼仙杜瑞拉自然就不那麼可愛了。

「這也太……」倒是他的那位準新娘，反應似乎和大家預料中的不太一樣。她並沒有欣喜若狂，或被感動得痛哭流涕，她非但十分驚訝，看起來甚至難以接受這份驚喜。

蘭斯洛・赫敏特替她摘下臉上的面具，引來了一陣驚嘆。

並不能說是絕頂美麗，畢竟人對於美麗的定義各有不同。但在場的每一個人都會同意，這絕對是他們所見過的、最令人無法忘記的一個人。

不太柔和的五官，沒有精細刻畫過的容貌，蒼白的臉上寫著冷淡疏離，還有在眉宇間浮現的倦怠。她對任何事情似乎都毫不在意，可就是這樣清冷的模樣，加上她那雙紫色的眼睛，整個人的感覺卻又完全不同了。就如同冰與火一般截然相反的兩樣東西，被巧妙地揉合在一起，說不清她到底是冷漠還是充滿誘惑。總之，她站在面前，感覺根本不像真實存在於這個世上的人。

「暮音。」蘭斯洛捧起了她的臉頰：「妳不願意嫁給我嗎？」

「我……」風暮音眨了眨眼睛：「這實在太突然了。」

「妳只要答應我，妳會好好考慮就可以了。」蘭斯洛誠懇地說著：「這是我唯一的請求，求妳答應我，好嗎？」

風暮音盯著他深邃動人的綠色眼睛，等到回過神，發現自己已經不由自主地點了點頭。

「太好了！」蘭斯洛欣喜若狂地把她摟進懷裡：「我知道，妳不會讓我失望的。」

暮音，我的暮音。不論有多麼困難，總有一天，我會讓妳只看著我，只看著我一個人。

蘭斯洛撫過風暮音黑色的長髮，雙手因為心情激動而微微顫抖著。

兩個人坐在寬敞的禮車後座，風暮音低著頭，似乎沉浸在自己的世界之中，對蘭斯洛長久的注視毫無反應。

「妳在生我的氣嗎？」蘭斯洛終於開口問她：「暮音，妳會氣我沒有先徵求妳的意見，擅自做了決定嗎？」

「既然你不知道我會不會生氣，又為什麼要那麼做呢？」風暮音手裡拿著杯子，望著窗外飛速後退的景物，平靜的臉看不出她此刻的心情。

「我抓不住妳，暮音。雖然妳就在我的身邊，但我覺得妳隨時都會長出翅膀飛走。」蘭斯洛坐在她對面，目光始終沒有離開過她：「就算妳覺得我很卑劣也沒關係，但只要想到，明天全世界都會知道我要娶妳，我就會覺得，妳不再只是一個遙不可及的夢想。」

「什麼遙不可及的夢想？」風暮音用手指沾了杯子裡的冰水，無意識地在車窗上畫著：「我以前只是別人的替代品，現在是一個沒用的累贅。我都不明白，我有什麼地方值得你這麼執著，怎麼會是遙不可及的夢想呢？」

「我以為我們相處的這些時間，已經足以讓妳明白我的心意。」蘭斯洛有些沮喪：「是不是我對妳不夠好，妳才會覺得我不是真心的？」

「真心或假意都只有自己知道，別人永遠無法瞭解。」風暮音扯動嘴角：「再說，我什麼時候說過你對我不好了？」

「妳知道嗎？我一直很不安，雖然事情已經過去了一段時間，一切好像變得平靜。」蘭斯洛身體前傾，抓住了她的手：「但我總感覺，只要我一不注意，不知哪天妳就會消失了。」

「我不是在這裡嗎？能消失到哪裡去？」風暮音笑了出來：「你放心，我答應了會好好考慮，就會好好考慮的……」

她的聲音越來越輕，然後默默盯著自己畫在車窗上的圖案，直到神智有些恍惚。看的時間久了，那四個湊在一起的心形圖案，扭曲得像一張嘲諷的笑臉。就好像在說，世界上從來沒有什麼幸福的咒語。

【第五章】

Lies and Love

蘭斯洛把風暮音送到她的房間外。

「今天晚上很累吧？」他伸手想幫風暮音撩過垂落的長髮。

風暮音直覺地側過頭，避開了他的手指。蘭斯洛的手停頓在半空，氣氛一時有些尷尬。

僵持片刻，蘭斯洛收回手，用一貫溫和的語氣說：「那妳早點睡吧。」

「蘭斯洛。」風暮音在他轉身離開的時候喊住了他。

「嗯？」蘭斯洛問：「還有事嗎？」

「那個……對不起，我……」

「為什麼要道歉呢？不需要對我道歉。」蘭斯洛摸了摸她的頭髮，就好像對待寵物一樣。

「葛萊好像有事找我，我先走了。」

葛萊站在走廊盡頭的轉角，等蘭斯洛走近之後在他耳邊說了些什麼，風暮音看到蘭斯洛皺了皺眉，臉上露出不愉快的表情。但他回過頭朝風暮音看過來的時候，卻又是笑容滿面。

「早點休息。」他朝風暮音揮揮手。

風暮音點頭，推開房門走了進去。

「您看需不需要……」

「不用了，我自己會處理。」

葛萊和蘭斯洛漸漸走遠，聲音也漸漸聽不到了。

黑暗的房間裡，風暮音跨出一步，腳下米色的地毯剎那變得晶瑩潔白，她驚駭地抬起頭，看見有一道刺眼的光朝自己照射過來。接著月光般美麗的銀色從面前流瀉而下，把一切隔絕在外。風暮音再一眨眼，眼前又什麼都沒有了。因為這令人心驚肉跳的幻覺，她的思緒漸漸紊亂起來，半天都沒有辦法集中精神。

她背靠在門上，在黑暗中低頭凝視自己暴露在月光下的腳尖。等到她終於發呆夠了，才注意到眼前多出了不應存在的影子。風暮音先是一愣，然後慢慢抬起頭。

「暮音。」有人正站在敞開的落地窗邊，在明亮的銀色月光下靜靜地看著她，用一種異常平靜的口氣和她打招呼：「是我。」

風暮音站在那裡，好一會才又一次從呆滯的狀態裡回過神。

「風雪？」她吃驚又有些茫然地問：「妳怎麼會在這裡？」

「我不能在這裡待太久。」風雪依然像是在黑夜出沒的幽靈，看上去蒼白而冷漠：「妳看起來還不錯。」

「是還不錯。」風暮音點點頭：「妳呢？」

「也還好。」風雪沉默了一會，又問：「妳和他在一起嗎？」

「妳說的是哪個他？」風暮音緩慢地搖頭：「我不知道怎麼跟妳說。」

「我知道。」風雪冷淡地說：「所有的事情，我都知道。」

「喔。」風暮音應了一聲：「妳知道啊。」

「是的，在很久以前，我就知道了。」看風雪的表情，似乎一點都沒有覺得這有什麼不對：「我知道妳並不是姐姐和藍・緹雅的女兒，也知道那個叫天青的男人是神界的諾帝斯。」

「是嗎?是啊，對，大家都知道的。」風暮音點頭微笑：「現在我也知道了，大家都知道，這樣很好。」

「我告訴過妳，任何人都是不值得信任的。」風雪不帶一絲憐憫地看著她：「不論真相多麼殘酷，妳都必須獨自面對，沒有人能夠讓妳依靠。」

「誰又能想得到呢？」風暮音笑了出來：「就好像一個隱晦不清的謎語，我始終猜不出正確答案，到了謎底揭曉的時刻，才知道已經有過無數暗示。可是一切都已經結束了，說再多又有什麼用呢？」

「暮音，妳恨妳的父親嗎？」風雪問她：「雖然他有自己的原因，但妳更加無辜，妳有恨他的理由。」

「不是，真的不是恨，只是沒辦法面對他而已。」風暮音強裝的笑容十分苦澀：「其實我能理解他為什麼那麼做，雖然我很難接受，但我想我不會恨他，只會覺得這一切很荒謬，不知道該怎麼接受。」

「那天青呢？」

「天青？」提起這個名字，風暮音的眼裡再次充滿迷惘：「我不知道……」

「妳不需要這麼沮喪，至少妳知道得並不是太晚，還有機會重新來過。」

「重新來過？和誰重新來過？怎麼重新來過？」風暮音表情麻木地問：「他們已經說了『我需要的不是妳』和『妳不是我的女兒』，他們已經徹底否定了我，用一句話抹煞了一切。對我那麼好，結果都是假裝的，什麼親情愛情，一夜之間都不存在了。就好像是我的錯一樣，明明我什麼都沒有做，卻彷彿犯了錯一般。妳教教我啊，我要怎麼和他們『重新來過』？」

「暮音，妳還是忘不了那些傷害妳的人嗎？」風雪沒什麼表情變化的臉終於有了一絲動容：「不是有一個珍惜妳的人就在眼前，為什麼妳都沒有想過他呢？」

「妳說，蘭斯洛……」風暮音有些怔忡：「當然，我和蘭斯洛……我們很好，我們還要……」

「他似乎對妳很不錯。」

「他對我很好。他帶我去各地旅行，去了很多很美的地方。」風暮音想了想：「和他在一起的時候，什麼都不用擔心，什麼都不用去想，只要握住他的手，跟隨著他的腳步就可以了。」

「你們去旅行了嗎？都去哪裡旅行了呢？」

「我不太記得了。」風暮音理所當然地回答：「總之是很多地方吧。」

風雪看了她很久，然後微微收攏眉頭。

風暮音自顧自地說著：「我知道蘭斯洛對我很好，他為了和我在一起，承受了很大的壓力。」

我說過很多次了，我和她在一起沒有別的目的，我想娶她只是因為我愛她，不是因為想利用她。

「他為了我，不止一次和身邊的人起衝突。」

是我太縱容你們了，所以你們今天才會這麼放肆。最好不要讓我看到你們有任何的小動作，否則的話，我也不知道自己會做出什麼樣的事情。

「他說，他想要娶我。」

我知道，妳不會讓我失望的。

「他很愛我。」風暮音最後強調：「妳知道，我不想讓他失望。」

「只是因為不想讓他失望，」她說完之後還沒來得及回味，風雪就接上了一句：「就要讓他成為天青的替代品，和妳一起痛苦嗎？」

風暮音被這句話嚇了一跳，她反射性地把身體往後一縮，結果撞到了背後的房門上。

「妳應該比誰都清楚，被當成另一個人愛著是多麼痛苦難堪的事情。」風雪把臉轉向大樓之外的夜空：「妳心裡明明愛著另一個人，可因為沒辦法繼續愛了，就找了相似的人來替代他。」

「才不是。」風暮音用力搖頭：「我知道他不是天青，我也沒有把他當成天青的替代品。」

「真的沒有嗎？他們不止相似，用的根本是同一個身體啊。」風雪露出一個冷冰冰的笑容：「妳就這麼肯定自己看著他的時候，從來沒有想過『天青』？」

「我知道他們是不一樣的……」

「知道有什麼用？如果感情能夠被理智控制，這個世界上就不會有那麼多不幸的事情了。」風雪也許是想要給她忠告，但口吻聽起來就像在奚落她：「如果這樣能減輕妳所受的傷害，我不會反對妳這麼做，可是妳知道這根本沒用，那又何必欺騙自己呢？」

「夠了吧！」風暮音臉色鐵青，幾乎控制不了自己說話的音量：「不要擺出一副很瞭解我的樣子，妳根本就是來看我笑話的！你們每一個人都是來嘲笑我的！」

「惱羞成怒是不成熟的行為。」風雪頓了頓，還是說了一句：「妳知道我不是。」

時間隨著兩人的對望慢慢流逝，風暮音臉上的表情漸漸變了。

「那又怎麼樣呢？」她用一種空洞的聲音訴說著：「就算我利用了他，那又怎麼樣呢？除了他之外，這個世界上沒有人會關心我了。他對我這麼好，也許十年二十年過去，我會真的愛上他，就像愛上那個人一樣愛上他。雖然需要一點時間，但這樣的結局不是很好嗎？」

風雪沒有說話。

「妳為什麼不說話了？」風暮音抬起頭瞪著她：「妳為什麼不說我這是在自欺欺人？妳為什麼不說，就算是過去一百年，我也不會愛上他，我只是把他當成逃避現實的工具呢？」

「因為妳說的對，沒有任何方法能夠抹去心裡的傷痛，除了時間。」風雪轉過身，似乎想要離開了：「至於是不是真的逃避和妳會不會愛上他，這是妳自己的事情，別人不會知道的。」

「在黃泉之城的時候，妳為什麼要說那樣的謊話？」眼看著風雪走出陽臺，風暮音問她：「妳為什麼要說，天青從來沒有存在過那樣劣拙的謊話？」

「妳覺得我說謊了嗎？」風雪的回答有些似是而非：「妳問問自己，妳所知道的那個人，他真的存在過嗎？」

風雪就和來時一樣突兀地消失，風暮音慢慢地屈膝跪坐在地上，呆呆地望著不斷舞動的窗簾：「我愛他啊，但我愛的那個人卻不存在，我所看到的和所知道的，都不存在。」

這麼久以來，這是她第一次卸下就要把自己壓垮的盔甲，卻沒有任何人能夠看見。

每當日夜交替的時刻，總像是末日即將到來一般令人恐慌。

屋裡沒有開燈，他坐在寬大舒適的黑色椅子中，對著屋外的夜空發呆。腦中不經意地閃過《諸世紀》中的句子，猛然吐出的菸圈他在眼前恍如薄霧一般散開，讓泛出些許橘紅的天空變得朦朧而遙遠起來。

「國王終於實現他夢寐以求的理想。」煙霧繚繞之中，他用只有自己才能聽見的聲音，如同咒語一般念著那句話：「高高在上的聖職者……」

風從門外湧了進來，把放在他身後書桌上的文件吹到半空，然後飄飄揚揚掉落得到處都是。

「我說過了，不要來打擾我。」他用沒有拿香菸的手指梳過頭髮，有些焦躁地斥責：「到底是怎麼回事，你們這些人就不能讓我安靜一會嗎？」

「蘭斯洛……」

他聽到熟悉的聲音，轉動椅子面向大門。

她就站在那裡，依然用冷漠的表情和一切劃清界限，對於自己身為黑夜中蠱惑人心的妖魔毫無自覺。就是為了這個魔王的女兒，為了她那黑色的頭髮、紫色的眼睛以及無法捉摸的心，所有一切都悖離了初衷。

「暮音？」他按熄了手裡的香菸，在書桌後面站了起來：「天就要亮了，妳怎麼還沒睡？」

她的身上還穿著自己為她挑選的禮服，連腳上的鞋子都沒有換過。

「蘭斯洛，我想我們需要談一談。」她總是清清冷冷的聲音聽上去有些沙啞。

「現在嗎？」他回頭看了看窗外：「我手邊的事情也剛剛結束，不如我們先好好睡一覺，等養足了精神再談好嗎？」

「我希望『現在』就和你談一談。」風暮音加重了語氣。

蘭斯洛明顯地僵了一下，可等到轉過臉來，他的表情卻又極其自然。

「那好吧。」他微笑著說：「暮音，妳想和我談什麼？」

「我們這樣不行，蘭斯洛。」

「是嗎？」蘭斯洛的手扶著桌沿，用手指輕輕敲擊桌面：「那件事妳不用放在心上，如果妳暫時不願意嫁給我也沒關係。我只是請妳考慮，而不是想要對妳施加壓力，我也早就有被妳拒絕的準備了。」

「不單只是為了這個。」她朝房間裡走了幾步，用非常認真的表情說：「我想，我應該好好向你道歉。」

「為什麼道歉？」

「因為我不能繼續留在這裡了。」

蘭斯洛拿起桌上的菸盒，從裡面取了一根菸，卻不點火，只是愣愣地看著那根菸。

「怎麼說？」過了很久，他才把菸放進自己嘴裡。

「我不能嫁給你，因為我愛的那個人，始終不是你。」

蘭斯洛看著她點頭，把從嘴裡拿出的菸揉成一團。

「妳過來。」他把手撐在桌面上，整個人向前傾。

風暮音沒有遲疑地走了過去，隔著書桌停下。

「因為我不是他？」他拉住風暮音的手，貼上自己的臉：「有哪裡不一樣嗎？在妳眼前的我，不就是妳所愛的人嗎？」

「不，你是蘭斯洛。」風暮音誠實地回答：「我愛的那個人始終是天青，除了他，我想我不會愛上別人了。」

「天青？」蘭斯洛低聲笑著：「妳是指諾帝斯嗎？」

「不是的。」風暮音的搖頭讓笑聲戛然而止：「我知道天青是不存在的。」

「妳到底在說什麼？」

「也許因為天青已經不存在了，所以我才會說我愛上了他。」風暮音反握住蘭斯洛的手：「蘭斯洛，在我最困難的時候，是你在我身邊。這段時間以來，我也一直嘗試著愛上你。但是我看著你的時候，總是不自覺地在你身上尋找著他的影子。這和他對我做的沒什麼不同，而我不希望變成那樣，你能明白嗎？」

「我不明白！」蘭斯洛的眼睛裡閃爍著詭譎的光芒：「為什麼？只是因為他比我更早遇見妳嗎？我降低自己的體溫，盡心竭力扮演自己的仇人，妳覺得我是用什麼樣的心情在做這些事？」

「也許我終究還是魔族，只懂得自私地去愛一個人。」風暮音慢慢地放開他的手：「你知道嗎？我不止一次夢到自己殺了晨輝，可能因為我一直覺得，是她搶走了我的一切。至於我答應考慮你的求婚，也只是因為……」

蘭斯洛沒有等她說完，忽然一把拉過她，低頭吻住。風暮音雖然想要推開，但最後還是沒有動手。

蘭斯洛在那冰冷的嘴唇上肆意流連，直到自己的唇都變得冰冷。

「妳讓我怎麼辦呢？」他閉著眼睛，貼在風暮音臉畔苦笑：「我好不容易說服了自己和所有人，我以為妳有一天總會忘記他，可是妳只用幾分鐘就毀了這一切。」

「對不起。」風暮音澀然地回答。

「我要的不是對不起！」蘭斯洛把她摟進自己懷裡，力氣大到差點讓她窒息：「風暮音，妳真是殘忍的魔鬼……」

風暮音的心抽痛了一下。

「我身上留著什麼種族的血，這不是我能決定的。」她清晰有力地說：「我不能選擇自己的父母，誰也沒有權力說這是我的錯。」

蘭斯洛抓著她的手臂，和她拉開一段距離。

陰冷寂靜的黑夜就要離去，黎明的天色非常詭異，就和蘭斯洛這時的表情一樣。

「蘭斯洛，你為什麼這樣看著我？」風暮音開始感到害怕。

「暮音，不要把一切都想得那麼簡單。」蘭斯洛對她搖頭：「就算妳什麼都沒做錯，妳的存在就已經是一切錯誤的根源了。」

風暮音咬著牙，並沒有出言反駁他。

「我真是不能理解，妳總是冷靜理智，為什麼有時候卻比誰都天真呢？」蘭斯洛摸了摸她的臉頰：「真像一個倔強固執、喜歡逞強的孩子。」

「蘭斯洛，你一直對我很好。」風暮音有些笨拙地辯解：「可是我……」

「真是個單純的傻女孩。」蘭斯洛忽然笑了起來：「如果妳知道我做了什麼，恐怕妳就不會這麼說了。」

風暮音垂下眼睫，心裡的不安因為這個古怪的笑容越來越濃。

「我本來不想告訴妳的，可是妳再這麼毫無戒心下去，遲早會連骨頭都被人啃得一乾二淨。」蘭斯洛輕柔地抬起她的下巴：「妳足夠聰明冷靜，卻總是犯同樣的錯誤。不要以為只有魔鬼狡猾惡毒，要說到貪婪自私，人類其實也差不了多少。」

「你這是什麼意思？」

「暮音。」蘭斯洛用一種憂傷的表情看著她：「不然妳以為，他為什麼會知道妳是席狄斯的女兒？」

【第六章】

Lies and Love

風暮音張大眼睛，瞪著看起來好像很難過的蘭斯洛。

「我們赫敏特家族世代掌管狩魔獵人組織，已經和魔族打了幾百年交道。我對魔族的瞭解，遠比妳想像的更多。」蘭斯洛嘆了口氣：「相反，他雖然是擁有強大力量的天帝，但畢竟是神族，如果不刻意分辨，他是看不出魔族和被魔力侵蝕之間那些細微的差別。」

風暮音的心往下一沉。

「在迷霧森林裡，是我告訴他，妳並不是身體被魔力侵蝕而魔化，而是因為妳是魔鬼和人類生下的混血後裔。」

風暮音一把抓住了他。

「妳先不要激動，等我把話說完再發火也不遲。」蘭斯洛的目光滑過她手腕上的記號：「我為什麼要那麼做的理由只有一個，因為我需要一個機會，一個離開迷霧森林的機會。錯過了這一次，我恐怕再也沒有第二個機會可以離開那個死寂可怕的世界了。」

「蘭斯洛……」

「對，我是蘭斯洛．赫敏特。在這個顯赫的姓氏下面，在這個輝煌的家族背後，埋藏了多少骯髒可怕的祕密，可能是妳永遠都無法想像的。」蘭斯洛握住了她冰冷的雙手：「為了這個家族更為了我自己，我在強者的面前俯首稱臣，這不難理解吧。」

「不會的。」風暮音垂著頭，拒絕相信聽到的這些話：「蘭斯洛是……」

「一個很溫柔的人，對嗎？」蘭斯洛溫柔地笑了：「他對妳不是也很溫柔嗎？可傷害妳最深的人不也是他嗎？妳還要在謊言中沉迷多久才願意醒來呢？」

「你不要這樣。」蘭斯洛這種模樣，讓風暮音無法避免地聯想到另一個人，另一個用同樣溫和的笑容向自己揭曉殘酷真相的人：「我不想看到你現在這個樣子。」

「我和他之間，也許真的有些相似的地方，所以他才會選擇我作為祭品。」蘭斯洛止住笑容：「我們都有著自私殘酷的本性，為了自己的目的利用一切能夠利用的東西。他利用了妳的感情和信任，我又何嘗不是呢？」

「夠了，你不要再說了。」她的聲音裡充滿了無力和挫敗：「我能夠理解，你也是迫不得已，一切都是因為他……」

「暮音啊暮音。」蘭斯洛又一聲嘆息打斷了她：「是妳不適合這個複雜的世界，還是妳根本不願意去適應它呢？」

風暮音低著頭，用力咬住自己的嘴唇。

「如果妳能夠理解，我在迷霧森林是為了自己而那麼做。」蘭斯洛再一次強迫她看著自己：「那妳能不能猜到，我為什麼要告訴他，晨輝才是他真正的要找的那個人呢？」

風暮音的嘴巴動了半天，才擠出一句：「你為什麼要這麼做？」

「因為我愛妳。」蘭斯洛的聲音很低沉：「我希望自己成為妳愛著的人，因為我在迷霧森林見到妳的那一刻起，就愛上妳了。」

風暮音閉上眼睛，被他說的這個「愛」字刺痛了。

「妳不知道我有多麼嫉妒他，因為我知道不論我做什麼，妳愛的始終不會是我。」蘭斯洛絲毫不願退讓，緊緊地跟隨著她：「是他搶走了我的身體，搶走了我的愛人。」

「不，我不是你的愛人。」風暮音混亂地搖頭：「我認識的是他，一直都是他。」

「妳根本不認識他。他不愛妳，暮音。妳寧願欺騙自己也不肯正視這一點嗎？」蘭斯洛抓住她的手腕，強迫她看著自己：「風暮音，妳知道天青從未存在，為什麼還是抱著這個幻影不肯放手？」

「不是的……」

「諾帝斯，這個詞語的意思，就是至高無上的存在。他要的追求的，也只有這些而已。」蘭斯洛冷冷地笑著：「妳真的以為他對妳或晨輝會有任何感情嗎？他需要的是預言中神聖的光明公主，是能夠讓他的權力向頂峰邁進的踏腳石，和什麼狗屁愛情根本一點關係都沒有。」

「蘭斯洛！」風暮音紫色的眼睛裡滿是怒火：「你到底想怎麼樣？」

蘭斯洛忽然嘆了口氣。

「就是這樣，暮音。」他輕柔地觸摸著風暮音的臉頰：「死氣沉沉一點都不適合妳，妳生氣的時候不知多麼美麗，這雙眼睛就像會發光的寶石。他真是個徹底的瞎子，不知道自己錯過了什麼樣的珍寶。」

「你放開我。」

風暮音分不清在胸中翻滾的是憤怒或是其他情緒，她只知道自己再也沒有辦法站在這個地方，繼續和這個人說話。她一個字一個字地說：「我要離開這裡，離開你們這些令人作嘔的傢伙。」

「妳能到哪裡去呢？」蘭斯洛用憐憫的目光看著她：「陰險的魔鬼、狡猾的人類和無情的天神，妳能夠擺脫這些嗎？」

「滾開。」風暮音側過臉，試圖從他的指間掙脫。

隨著她的動作，一滴透明的水珠落到了蘭斯洛的手背上，蘭斯洛像是被燒灼一樣縮回了自己的手。

「暮音，留在我身邊吧。」他目光陰鬱，表情可怖，樣子看上去就像是請求減刑的死囚：「我是唯一愛著妳的人，就算我用了卑劣的手段，可是我的愛半點都不虛假。」

風暮音搖了搖頭。

「我不需要，我不需要任何人。」說完之後，她便頭也不回地走了出去。

蘭斯洛重重地坐回椅子上，身後正在升起的太陽把他面前的一切鍍上金黃的色澤。當燦爛的陽光終於照射到他身上的那一刻，有人遞給他一杯酒。

他伸手接了過來，看著高腳杯中金色的香檳靜靜地泛出氣泡，在陽光下折射出無比華麗的色澤。

有一個白色的身影靠在書桌邊，正朝他舉杯。

「國王終於實現他夢寐以求的理想，高高在上的聖職者被邪惡包圍。」那人淺淺地抿了一口香檳，似乎興致高昂：「他不會被元老院承認，聖杯及他的血液裡有毒。」

「聽起來很有意思。」蘭斯洛也舉起酒杯喝了一口：「現在的情況下，這兩句湊在一起形容倒是貼切。」

「看你一臉悲傷淒涼的樣子。」那人笑著說：「難道你真的把自己當成了殉道者？」

「就像預料的那樣，她最後還是離開了我。」蘭斯洛搖晃杯中金色的液體：「還是這樣最好，愛情如果不是兩廂情願，遲早會是悲劇收場。」

「看見蘭斯洛．赫敏特為了愛情患得患失，我感到毛骨悚然。」那人懶洋洋地站直了身體：「只不過我記得，你好像是因為屈服在元老們的壓力之下，不得不放手的。如果沒有這一層，恐怕你也不會逼迫她面對你們的關係，更是到死也不會告訴她這些事情吧。所以還是不要把自己說得那麼神聖了，小心會遭到報應。」

「說到那些元老們，」蘭斯洛綠色眼睛變得幽暗深沉：「他們的年紀太大了，實在不適合繼續操勞下去，應該盡快找個幽靜的地方讓他們頤養天年才對。」

「看，這才是你的風格。」那人大聲笑著，再次朝他舉起酒杯：「藐視聖職者，必付出代價。」

蘭斯洛也笑了起來，把杯中的香檳一飲而盡。

「你能相信嗎？」蘭斯洛靠在寬大的椅子裡，像是醉酒之後的囈語：「要是剛才她說她願意留在我身邊，我可能真的會不惜一切……」

「我當然相信。只是你有沒有注意到，你還是用了『可能』這個詞。」那人摸過自己無名指上的戒指：「在我聽起來，你就好像在說『不可能』。」

深藍色的寶石，在陽光下折射出異常豔麗的光芒。

風暮音穿著華麗的晚禮服，拖著自己隨便整理、都不知道裡面裝了什麼的行李箱，一個人在異國的街道上迷失了方向。

她漫無目的地走了一陣子之後，索性坐在路邊對著自己的行李發呆。

聽不懂的語言和陌生的面孔，越發增長了她無助的情緒。但是她知道，自己再也不會回到蘭斯洛那裡了。

她很清楚自己並沒有像表面上看起來那麼生氣，也許蘭斯洛剛開始說那些話的時候，她的確無法容忍，但轉眼間她就注意到了一些細節。

蘭斯洛一定沒有注意到，自己在對她說那些話的時候，那種不經意流露的難過。還有最後要她留下，那種說出口又很懊惱的樣子。

其實那個時候，她就已經不那麼生氣了。

蘭斯洛所做的事情，也許是有什麼不得已的原因，只是他不能把原因告訴自己，所以才用這樣的方法掩飾。再退一步想，就算到現在也沒有被任何人發現，但總有一天，所有的事實還是會用另一種方式被揭露出來，後果也許更加無法收場。

註定要面對的真相，是無法逃避的。

蘭斯洛也不算最過分的一個，他不像那個人，連看著自己的目光都是冰冷的。

父親也好，蘭斯洛也好，也許都有自己的苦衷，她不能接受卻能理解。只有那個人，她無法原諒。

一旦停下腳步就開始覺得寒冷，可當她打開自己的行李，卻發現自己沒有裝進任何一件衣服，箱子裡都是一些奇怪零碎的東西。

「真是的，我什麼時候也變得這麼沒大腦了？」她拿起那只陳舊的兔子，彈了一下用黑色紐釦縫上的眼睛：「原來笨蛋是會傳染的啊。」

她還記得晨輝幫兔子縫好眼睛之後，得意洋洋對自己炫耀的樣子。

因為我很喜歡暮音妳，想和妳成為很好的朋友……

「真是的。」她把兔子抱在胸前，發冷的胸口終於有了一點點溫暖的感覺：「我居然和這個笨蛋有一半的血緣關係，不過……還好有問題的是另一半。」

她說完之後，被自己難得一見的幽默逗笑了。

她穿著精緻的禮服，身上名貴的珠寶在陽光裡閃閃發光，但她卻把鑲嵌著寶石的鞋子踢到一旁，赤著腳坐在街邊，手裡還抱著一個破舊的玩具，她嘴裡不斷自言自語，上一刻還憂傷而迷茫，轉眼卻無憂無慮地笑著。

路人們紛紛停下腳步，每個人的眼中都充滿驚嘆。沒有人覺得這是一個美麗的瘋子，在他們眼前出現的，就像是誤闖進人類世界的溫蒂妮。

在當地流傳很久的神話傳說裡，溫蒂妮是居住在山川泉水邊的美麗仙女，她們性格反覆無常得讓人害怕，可行為舉止卻偏偏像是天真無邪的孩子。而在看到這個異國少女的那一瞬間，每個人童年時光怪陸離的幻想，忽然變成一種真實的形象出現在自己的眼前。

這個海市蜃樓一樣的幻影，也許會在靠近之後憑空消失。於是沒有人貿然上前打擾她，只是站在那裡呆呆地看著。

很多人圍成一圈傻傻地站著，盯著那個穿著單薄的孩子發呆。

當計程車載著他經過相鄰的街道，他透過車窗和人群的縫隙看到了這樣的場面。他也一下愣住了，直到司機把車子開過路口，才回過神大叫停車。

車立刻應聲停了下來，司機還在納悶地盯著自己那隻剛離開油門的腳，他已經開門下車，飛快地跑回剛才經過的那個路口。

當他肯定那並不是自己眼花造成的錯覺之後，還先扶了一下快要滑落鼻梁的眼鏡，才慢慢穿過人群，在那個好像迷了路的公主面前彎下腰。

「暮音。」他不敢擅自猜測是出了什麼事情，只能試探著喊了一聲：「妳怎麼會一個人在這裡？」

風暮音還沒來得及抬頭看是什麼人在和自己說話，就捂住鼻子接連打了一串噴嚏。一件還帶著體溫的外套披到她的肩上，暖和的圍巾在她脖子上來回繞了好幾圈，寒冷幾乎立刻就被趕走了。

她抬起頭，看到戴著金邊眼鏡的斯文男人，正一臉擔憂地望著自己。

「嗨。」也許是大腦被凍僵的緣故，她用很脫線的口氣和對方打招呼：「好久不見了，七十七叔叔。」

七十七叔叔，不，應該說是賀文。

賀文雖然滿腹疑慮，但也知道這不是個適合談話的地方。不但周圍的人開始騷動起來，遠處也有不少人正好奇地朝這裡觀望。他衡量了一下局勢，知道能盡快脫身的辦法只有一種。

賀文拿下眼鏡，轉身面對著正在聚攏吵嚷的人們。風暮音看不到他做了什麼，但能感覺到有一股像水紋一樣的波動以他為中心，朝四周慢慢擴散出去。人們的臉上先是出現了迷茫恍惚的神情，然後在很短的時間裡，就迷迷糊糊地散開了。

「真厲害。」風暮音驚訝地站了起來：「你是怎麼做到的？」

賀文回過頭幫她用圍巾將臉遮擋起來的時候，風暮音看著他「咦」了一聲。

「你的眼睛有一隻是金色的啊。」風暮音歪著頭：「以後還是不要戴眼鏡了，這樣看起來年輕好多。」

賀文心裡一慌，更加肯定這孩子一定是受了嚴重的刺激，才會一副神智不清的樣子。

風暮音在這個時候又打了個噴嚏，賀文順著她縮腳的樣子看去，才發現她居然有鞋不穿，情願赤著腳踩在冰冷的人行道上。

「妳這孩子！」

「我腳很痛。」風暮音瞪著他撿起來的那雙鞋子，好像瞪著什麼毒蛇猛獸一樣：「我這輩子再也不要穿這雙爛鞋了。」

賀文沒辦法，只能把她打橫抱了起來。

「這個我來拿好了。」風暮音很滿意這樣的待遇，拿過了他手上的鞋子，順便囑咐：「不要忘記我的行李啊。」

賀文兩隻手抱著她，根本空不出手來拖那只箱子，他試了幾次，卻差點把風暮音摔了下去，最後只能試著用腳去勾。

「你的超能力呢？」風暮音邊嘆氣邊說風涼話：「七十七叔叔你這樣笨手笨腳的，怎麼對得起這張臉啊？」

賀文深深地看了她一眼，萬般無奈之下只能趁著沒人注意，瞬間用法術把行李箱移到計程車頂上的行李堆裡。

風暮音一手拿著兔子，一手拎著不實用但很值錢的鞋子被賀文塞進計程車後座。賀文安撫完抱怨的司機，又從自己的行李裡面找出了新襪子和球鞋給她。

「可能有點大，妳先穿著，我等一下再去幫妳買新的。」

風暮音接過來套上，提起腳搖晃了幾下。

「暮音，妳不是和蘭斯洛先生……」

「被趕出來了。」風暮音把複雜的經過濃縮成幾個字：「你要去什麼地方？」

「我是來出差的，正準備回去，現在要去機場。」賀文頓了一下才問她：「那妳呢？」

「我拿了護照。」風暮音解下脖子上的首飾，把丟在旁邊的鞋子拎起來：「旅費我也帶了。」

「這就不用了。」賀文往後視鏡裡看了一眼，然後對司機說：「麻煩你，我們還是要去機場。」

黃色的計程車發動引擎，融入緩慢的車流之中駛向遠處。就在路口附近的一處樓頂，一個黑色的影子站在那裡，靜靜地目送著他們離開。

「你放心。」認真看著乘客須知的風暮音忽然冒出一句：「他看到我和你在一起就放心了，是不會跟來的。」

「到底出了什麼事情？」賀文終於放鬆了緊繃的神經：「他和妳關係不是一直很親密嗎？怎麼會讓妳這個樣子跑到大街上？」

「深層的原因太複雜了，我不清楚到底是為了什麼。」風暮音靠回椅背上：「至於我會穿成這樣流落街頭，是因為他昨晚當著全世界的面前向我求婚，被我拒絕之後惱羞成怒，然後就沒什麼紳士風度地把我掃地出門了。」

「不可能，雖然說組織內部最近不太穩定，不過他完全可以處理。」賀文直覺地反駁：「何況他那麼重視妳，甚至不惜和組織裡的元老公開決裂，怎麼可能是這個原因呢。」

「明明是他總是隨便把我賣掉，但我居然覺得他不是很過分，甚至不知道為什麼有一點點內疚。」風暮音用力吸了口氣：「所以他說是什麼原因，我就接受什麼原因，這可能是最好的告別方式了吧。」

賀文皺著眉頭，顯然聽不懂她在說什麼。

「對了，七十七叔叔應該不知道天青和蘭斯洛的事情。」風暮音舉起手裡的兔子，專注地看著：「我記得你說過讓我仔細分辨，因為所看到的和聽到的都不一定是真實。那個真實，指的應該就是我的親生父親是席狄斯這件事吧？」

賀文轉頭看著前方，過很久才點了點頭。

「你的提示還真是含蓄，能猜到才不正常吧。」

「我發過毒誓，不可以隨意透露這件事情，特別是對妳。」賀文內心感到歉疚，又不知道怎麼開口跟她解釋：「對不起，暮音。雖然有誓言在先，可是我真的覺得自己這麼做是錯的，我希望妳能夠原諒我。」

風暮音很久都沒有反應。

「暮音？」賀文側過頭看她，卻看到她低著頭：「我真的……」

「第一個。」她的聲音有些悶悶的。

「什麼？」賀文不太明白：「妳說什麼第一個？」

「你是第一個為了這件事跟我說對不起的人。」風暮音低下頭抱緊了那只兔子：「天青沒有說，爸爸沒有說，就連蘭斯洛都沒有跟我說過對不起。」

她的語氣很平常，就像隨口抱怨一下，賀文聽了卻像胸口被人壓了什麼東西，一陣呼吸不暢。

「七十七叔叔。」風暮音把整張臉埋在那個舊玩具兔子裡：「都是你不好。」

「怎麼了？」賀文湊近她。

「說什麼對不起啊。」風暮音的聲音越來越輕，還有些斷續：「都是你……」

賀文看著她低垂的頭頂，胸口越發地難受起來。

「把臉轉過去！」風暮音忽然抬高聲音，惡狠狠地說：「看什麼看！」

賀文趕緊把臉轉向窗外。

「擦擦汗吧。」他從上衣口袋裡拿出手帕，反手遞了過去。

手帕被抽走了，過了很久那個悶悶的聲音才回了一句：「天氣真熱。」

這孩子還真是固執又彆扭。賀文想笑一笑，卻怎麼也沒有力氣彎起嘴角。

車窗玻璃上，清楚地映著那個窩在另一邊角落，蜷成一團的身影。

那些殘酷的傢伙們，到底對她做了什麼？那個驕傲倔強，比誰都還要堅強的孩子，現在怎麼好像一用力就會徹底破碎？

這個世界怎麼了？

為什麼連那個心軟得一塌糊塗，簡直像個聖人一樣的藍緹竟然也……這一切到底是為了什麼？

「……」

等賀文回過頭的時候，風暮音已經表情如常地坐在那裡，正翻看著車上的地圖。

「暮音，妳剛才說什麼？」

「我說什麼？」風暮音瞟了他一眼，有些不太樂意地回答：「我說天氣很熱。」

「不是，後來妳還說了什麼？」他覺得自己聽到了：「什麼勝利失敗的……」

「什麼勝敗？我對賭球沒興趣。」風暮音說完這句，重新把注意力放回地圖上：「機場離市區挺遠的嘛。」

「對，挺遠的。」賀文點頭附和，忍不住又問：「妳真的什麼都沒說嗎？那妳有沒有聽到什麼？」

風暮音從被完全攤開的地圖邊緣探出頭來。

「算了，應該是我弄錯了。」

風暮音又用地圖擋住了臉，好像突然對這座城市的交通狀況產生了濃厚的興趣。而賀文總是不能靜下心來，他有種不寒而慄的感覺，就因為一句其實很平常的話。

他剛才好像聽到有個聲音在輕聲地說——

勝利者得到一切，失敗者失去所有。
那感覺，就像一個不祥的詛咒。

【第七章】

Lies and Love

第一次沒有發出聲音，風暮音以為是門鈴壞了。她試著按第二次的時候，有一種奇怪的聲音從屋子裡傳了出來。

那聲音就好像什麼可怕的怪獸正咆哮著朝門口衝過來，風暮音臉色一沉，凝神屏息地盯著那扇門，準備應付任何突發狀況。

可是那一陣咆哮之後，屋裡就再也沒有反應了。風暮音又等了一會，最後只能一頭霧水地往後退，結果踩到了正拖著箱子走過來的賀文腳上，兩個人齊齊慘叫一聲。

「怎麼回事？」賀文揉著自己可憐的腳趾。

「我不知道。」風暮音不確定地回答：「裡面好像有什麼動物。」

「動物？」賀文皺了皺眉頭：「讓我來吧。」

賀文走到門前按了一下門鈴，按第二次的時候，那個恐怖的咆哮聲又出現了。這次風暮音留神注意了，猜到這可能是某種惡作劇一樣的門鈴音樂。

賀文也被嚇了一跳，但他隨後好像想起了什麼，往後退了幾步，朝門上揮了揮手。風暮音跟著看過去，才發現那裡有一個很小的黑盒子。

「賀瑞，你又幹什麼了？」賀文沒好氣地對著那個方向說：「快點給我開門！」

「口令。」一個像是電子合成的聲音從那個黑盒子裡傳了出來。

風暮音原本以為只是監視器之類的東西，沒想到居然是高科技的門鎖系統。

「什麼口令？」

「口令錯誤。」那個機械又死板的聲音再次響起。

「快開門，我是賀文。」

「不行。」這次，那聲音居然說：「雖然我認識你，但也需要口令才能開門。」

「賀瑞，你給我出來！」賀文拍了兩下門板：「我警告你，再不開門就給我小心點！」

「先生，請收斂你的暴力行為。」那個電子聲音非常人性化地給予提示：「我可以直接連線當地警察局，員警會在報警後十三分鐘內趕到，你將以破壞公共安寧、隨意辱罵威脅他人以及試圖侵入住宅等多項罪名被拘捕。」

風暮音開始覺得有趣了。

「把門打開，我知道你在家。」賀文顯然有點生氣：「別讓我把這扇門拆了。」

他剛說完這句話，不知從哪裡突然傳來空襲警報的聲音，不停閃爍的紅色警示燈成功營造出了恐慌氣氛。

「警告警告！一級戰備狀態！」還是那個聲音在說：「無關人員請撤離現場，現在開始倒數計時，五、四、三……」

「好了。」數到一的時候，賀文舉起雙手：「這次到底要怎麼樣才能開門？」

他一說話，警報聲和紅燈立刻消失得無影無蹤。

「請回答我三個關於住家的基本問題。」

「好吧好吧，快點問。」賀文只能無奈地答應。

「這家主人的姓氏是什麼？」

「賀。」

「這家的女主人叫什麼名字？」

「怡秋。」

「Caelestis是什麼意思？」

接下來是一段很長的沉默。

「這是什麼爛問題！」賀文有點生氣：「我不懂拉丁文！」

「回答錯誤。」那個聲音居然帶著鄙視。

「Caelestis是希臘文，意思是藍天。」

正要發火的賀文驚訝地轉過頭，風暮音環抱雙手，站在那裡饒有興味地看著他。

「答案正確。」大門鎖「喀」的一聲彈開，那個電子聲音中規中矩地說：「賀文先生，歡迎回來。」

「賀瑞！」賀文進了門之後直接往裡面衝：「你這小子到底在做什麼？」

風暮音拎著行李站在門口，往屋裡看了一下。

這個家雖然有些古怪，但卻十分溫暖。真正的家就是這樣的吧，不是空空的房子，不是冰冷的四面牆壁。

「啊！」

風暮音回過頭，看到一個長相甜美的少女站在門口。她的臉蛋紅紅白白，眼睫毛長長捲捲，杏仁似的大眼睛眨也不眨地盯著自己。

「妳是……」風暮音看了看屋子裡面，覺得含混嘈雜的聲音代表著主人好像還在忙：「那個……」

「妳好，我叫怡秋。」她好像很容易害羞，一說話臉就立刻紅了：「妳是客人嗎？」

「啊，」眼前的這位好像不是訪客，風暮音不自覺地開始猜測對方的身分：「對，我是和賀先生一起來的。」

「是他的朋友嗎？」她雙腳併攏，朝風暮音恭敬地彎腰：「妳好，我是他的媽媽。」

「什麼？」風暮音不敢相信地看著這個頂多二十出頭的少女：「妳說妳是他的……」

「怡秋，妳回來了啊！」賀文聽到交談聲折返回大門，一看到少女，立刻露出了發自內心的笑容。

「你好。」更令風暮音大跌眼鏡的，那個自稱是「媽媽」的女孩，居然神情不變地對著賀文彎腰打招呼：「你也是我家小瑞的朋友嗎？歡迎你們到我家裡來玩。」

「怡秋。」賀文順手從口袋裡拿出一本小冊子，神情不變地走了過來：「打開看看。」

「喔。」少女很聽話地接了過去，風暮音看見翻開的第一頁上正是她和賀文的合照，旁邊畫著大大的愛心和大大的「老公」兩個字。

「啊，原來你是我老公啊！」當事人居然比風暮音更加吃驚：「怪不得我覺得你好像有點面熟。」

賀文看著她漲紅著臉慌張地和自己道歉，似乎早就習慣了這樣的場面，臉上始終保持著微笑。

「真是對不起。」那個覺得自己丈夫「有點面熟」的太太一臉內疚地道歉：「我記性太差了。」

「沒關係的。」賀文笑得很溫柔：「今天初次見面，小泥鰍。」

風暮音忽然覺得四周多了很多心形的泡泡和玫瑰花，一切都被粉紅色的光環籠罩了起來。

真是一對古怪的夫妻。

「你終於忍受不了記性不好的老婆，帶著狐狸精回來要把她趕走了嗎？」

玫瑰花和泡泡瞬間消失，只剩下女主人驚駭的表情和男主人額頭爆出的青筋。

「賀瑞。」賀文轉過頭，語氣嚴厲地說：「我不是吩咐過你，每天早上要提醒她看備忘錄？還有，我們的照片都到哪裡去了？」

風暮音往旁邊挪了一步，終於看清賀文背後說話的那個小傢伙。

個子小小的，穿著淺色的格紋睡衣，臉上戴著快要掉下來的巨大黑框眼鏡，就算臉上成熟的表情和外表一點也不相稱，那個小男孩看上去還是可愛得不得了。

「你走了以後她天天哭，哭得我頭都痛了。」小可愛翻了個白眼：「反正你回來了不都是一樣？」

「就算是這樣，你怎麼能讓她一個人出門？」

「我最近在做礦物晶體結構的研究報告，哪有空二十四小時跟著她？有全球定位系統就可以了。」

「你就不能像個正常的小孩一樣，有點正常的愛好嗎？比如說打打棒球、看看漫畫之類的？」

得到的回應是一個鄙視的白眼。

風暮音看到「賀太太」趁著這幾分鐘，用點鈔機的速度把冊子翻了一遍。

「對不起，老公。」她合上冊子之後抬起頭，用沮喪的表情對自己丈夫說：「我又忘記了。」

「沒什麼。」賀文臉上的表情立刻變得柔情似水：「只要我記得就可以了。」

「老公——」

「小泥鰍——」

玫瑰花和心形泡泡又再次氾濫得到處都是。

「喂喂，」小男孩踢了一腳那堆玫瑰和泡泡：「這人妖是誰啊？」

他說什麼？人妖指的是誰？風暮音順著他的目光疑惑地指了一下自己。

「就是妳啊。」那個看上去很神氣的小鬼，用一種懷疑的眼神把風暮音從頭到腳打量了一遍：「看上去不男不女的，根本就是個人妖嘛。」

「小瑞！」善良的女主人發出驚呼，立刻轉身朝風暮音鞠躬道歉：「這位先生，我兒子太沒禮貌了，你千萬不要生氣。你雖然長得秀氣了一點，但絕對是一個很帥的男人！」

風暮音低下頭，心中一片灰暗。

「真是不好意思。」賀文乾咳了兩聲：「我太太她記性不是太好……」

「看得出來。」風暮音對於那種程度的健忘能被稱作「記性不好」持保留意見。

「這是我兒子賀瑞，今年九歲。」

「很機靈嘛。」風暮音露出了陰冷的微笑。

「那個……小泥鰍，妳去整理一下客房吧。」賀文擦了擦汗：「這位客人要在我們家裡住一陣子。」

睡不著。

床很柔軟，床單和被子都有太陽曬過的味道，這是她睡過的最舒服的床了。不過可能就是因為太舒服、太暖和，所以才覺得不習慣。

風暮音從床上爬起來的時候，順便唾棄了一下自己。

雖然當時泥鰍太太是以一種「妳不原諒我，我就哭給妳看」的狀態，才成功讓她接受了這件「很適合」自己的白色睡衣。但是那些恐怖的蕾絲和蝴蝶結，還是讓她深受打擊。

另外，泥鰍太太那種過於燦爛的的笑容，總讓她想起晨輝。

她吸了口氣，決定去廚房裝一杯水喝。

廚房裡的燈還亮著，穿著睡衣的賀文看到她，笑著朝她招手。

「還不睡？」她走過去，看到賀文正往托盤裡面裝點心。

「賀瑞睡得很晚，我幫他準備消夜。」賀文倒了一杯熱牛奶遞給她：「給妳。」

「我喝水就可以了。」

「拿著。」賀文不由分說地把杯子塞到她手裡：「牛奶對身體有益。」

風暮音接了過來，賀文摸了摸她的頭，拿著托盤走開了。接著囉嗦的父親叮囑兒子要把東西吃掉，兒子不耐煩趕人的聲音傳了過來，

「謝謝你。」她對拿著空托盤回來的賀文道謝，就要走回房間。

「暮音，等一下。」賀文喊住她：「妳晚餐沒吃多少，一定餓了吧？我煮一點東西給妳吃。」

「不用了。」她連忙搖頭：「我不餓。」

「妳這孩子怎麼又變得拘謹了？」賀文把她拉到餐桌邊坐下：「在這裡等著，很快就好了。」

聽到背後忙碌的聲音，牛奶冒著的熱氣在她的眼眶凝聚，變成晶瑩的液體之後又落回杯子，蕩起一圈小小的漣漪。

「好了。」賀文把一小碗炒飯放在她面前：「放心吧，吃一點不會胖的。」

「嗯。」她點點頭，拿起湯匙埋頭吃了起來。

賀文在她對面坐下，把眼鏡從鼻梁上拿下來擦拭。

「會覺得不自在嗎？」賀文忽然問她。

「不會。」她手裡的湯匙停了一下：「只是不太習慣。」

是的，她不習慣。不習慣有人在浴室外面大聲關心水溫，不習慣這麼多人一起吃晚飯，不習慣別人拚命幫自己夾菜，不習慣晚上喝溫熱的牛奶，不習慣有人為自己準備消夜……這些事情，她都不怎麼習慣。

「妳跟我年輕的時候很像。」賀文把眼鏡放在桌上，端起了刻著「爸爸」字樣的茶杯：「因為習慣一個人冰冷的生活，所以對溫暖的東西難以適應。」

風暮音有點吃驚。

「別說是妳，我都不太記得自己以前的樣子了。」賀文笑了起來，用手指撫摸著杯子上歪歪斜斜的字跡：「也許是因為我的力量從小就比身邊的人都強，所以充滿了不願服輸的野心，只想著自己終究會站在大家仰望的高處。那時的我完全沒有想過，自己有一天會為了能像普通人一樣生活而放棄一切。」

「你沒有後悔嗎？」

「有，但後悔比我想像中要少得多。」賀文眨了一下眼睛，原本左右一致的黑色瞳孔，其中一隻開始褪去偽裝，慢慢變成了暗金色：「對於現在的我來說，過去就像另一個人的經歷一樣遙遠了。」

「是為了你的妻子嗎？」她環顧著屋子裡到處都是的合照：「可是她好像……」

「她擁有超常的智慧和學習能力，但會在一夜過後完全忘記前一天所發生的事。」賀文淡淡地笑了，回憶起過去所發生的事情：「我們剛認識的時候，我還是個很差勁的男人，但不論我怎麼惡毒地對待她，她第二天就好像什麼都沒有發生一樣，再次一見鍾情然後纏上我。直到我發現她從來沒有在她的記事本上提到我，才知道原來愛情真的有改變一切的魔力。」

「你不覺得累嗎？」每一天醒來，都要面對把自己徹底遺忘的愛人，想起來都會覺得難以接受。

「剛開始的時候我也很猶豫，但當我看到她為了不忘記我，整夜整夜不願意睡覺的時候，我忽然覺得自己非常自私。」賀文的笑容非常滿足：「就算她每一天都會忘記我那又怎麼樣？我這一生中只愛上她一次，而她卻無數次地愛上我。她都不覺得辛苦了，我還有什麼好抱怨的呢？」

「愛情有改變一切的魔力……」風暮音喃喃地複述，然後苦澀一笑：「可惜並不是在每一個人的身上都適用。」

「暮音，妳願意告訴我嗎？究竟發生了什麼事？」

「也沒什麼大不了的，只是所有人都用行動告訴我，這個世界上沒有毫無目的的愛。不過我想，應該改成『我的世界裡永遠不會有毫無目的的愛』。」風暮音有些落寞地看向窗外：「整件事情，要從我和他相遇之後開始說起……」

從在街頭的相遇開始，然後是灰色的絕望之塔，維琴察美麗的空中花園，到萝神司開滿紅色花朵的黃泉之城……直到最後，在路邊被撿到為止。

風暮音不帶絲毫主觀色彩地，就好像旁觀者一樣訴說著一切。

賀文沒有插嘴，只是靜靜地聽著，風暮音說完最後一個字的時候，窗外的天色已經開始泛白。

「暮音。」賀文甚至沒有發表評論，或對她表示同情，只是說道：「妳應該很累了，去洗個澡然後睡一覺吧。」

風暮音點點頭，站起來離開餐廳。

「暮音，怡秋每天晚上都會寫一句相同的話：明天是重新出發的日子。」在最後，賀文對她說：「所以，在妳決定重新出發之前，先在這裡休息一下吧。」

一切已經發生和將要發生的事情都是無法控制的，雖然將來如何還不能預料，但至少現在不要把自己沉浸在無法挽回的過去之中。明天，才是重新出發的日子。

在某個星期三的下午，風暮音一手拿著烹飪班主婦們贈送的愛心甜點，一手拉住了差點被汽車撞到的泥鰍太太，忽然有種豁然開朗的感覺。

「暮音。」迷糊的泥鰍太太好奇地跟著她往天上看：「妳在看什麼？」

「沒什麼。」風暮音鬆開了拉住她衣服的手：「妳過馬路的時候能不能小心一點？」

「拜託妳，不可以和我老公說喔！」泥鰍太太雙手合十，對著她念念有詞：「他知道了一定會罵我的。」

她無奈地笑著點頭。

「啊，暮音，妳最近越來越帥了呢！」泥鰍太太很明顯是在討好她，但使用的形容詞卻非常有問題：「冷漠的俊美中帶著點邪惡，特別是笑起來的時候，簡直迷死人了！」

風暮音一個踉蹌，差點摔倒在馬路中間。

「妳知道什麼叫越來越嗎？那今天早上為什麼還問我是誰？」她忍住了渾身起雞皮疙瘩的衝動：「這麼噁心變態的話從哪裡聽來的？」

「烹飪班的張太太和胡太太她們都這麼說啊。」泥鰍太太用手肘撞她，捂住嘴嗤嗤地笑著：「新來的王太太還說要把小女兒介紹給妳呢，我告訴她妳是女生的時候，她不知道有多失望。」

「要不是妳老公要我看著妳這個路痴，我才不要去那種恐怖的地方。」風暮音頭痛地說：「我警告妳，不許把那些話記在本子上。」

一片黑色的陰影遮住了陽光，風暮音一愣，抬起頭卻只看到一片巨大的雲從頭頂飄過。

「暮音。」泥鰍太太已經走很遠了，看她沒有跟上就回頭喊她。

「來了。」風暮音甩了甩頭，快步跟了上去。

「這是什麼東西？」風暮音對著滿滿一架子礦石標本咋舌不已：「你喜歡挖礦嗎？」

「別碰我的標本！」天才兒童立刻衝過來護衛自己的地盤：「誰允許妳進來的？」

「這個……」風暮音的目光一下子停住了，她看著架子上某一塊晶瑩剔透的無色結晶，有些驚訝地說：「我喜歡的人，就叫這個名字呢。」

「是嗎？」賀瑞看了一眼，用嘲笑的口氣對她說：「硬石膏這個名字很蠢，不過和妳挺配的。」

「什麼石膏，怎麼可能。」風暮音捏了一下他的臉：「是旁邊這個。」

「妳這個野蠻的女人！」向來反對暴力的賀小朋友捂住自己的臉：「妳到底來我這裡幹嘛？」

「妳媽從烹飪班帶了點心回來，我們兩個人吃不完。」她把那個結晶拿在手裡翻來覆去地看著：「這個能給我嗎？」

「當然不行，這是重要的研究標本！」

「謝了。」風暮音把手裡的結晶拋了拋：「為了表示感謝，我的那份點心也給你吧。」

「妳這個強盜！」這是賀瑞第一次明白身高的重要性，也是日後促使他努力長高的動力：「把天青石還給我！」

「天青。」她輕聲念著，眼中閃過一絲不知是哀傷還是喜悅的光芒。

「喂，妳……」

賀瑞還沒有喊完，樓上忽然傳來一陣驚天動地的響聲。

「該死。」風暮音咒罵了一聲，反應迅速地把賀瑞推回有著厚重鋼門的實驗室裡。

「妳做什麼？」賀瑞掙扎著要出來：「我要去樓上……」

「在這裡不許動也不許出聲。」她臉色鐵青地說：「等確定安全了我會回來找你。」

「我不要一個人在這裡，我要去看出什麼事了。」賀瑞第一次看到她這麼嚴肅，但還是不死心地說：「別把我當小孩子。」

風暮音眸光一沉，順手拿了一根軟線之類的東西，把他結結實實地綁了起來，最後還在他嘴巴裡塞了一塊抹布。

「你給我老實一點。」風暮音的臉背著光，看上去有些可怕：「這種時候小孩子保護好自己就是幫忙了。」

安頓好賀瑞，風暮音幾乎是用生平最快的速度衝上二樓。

主臥室的門敞開著，怡秋就站在離房門不遠的地方。

「小泥鰍！」賀文也臉色蒼白地從另一邊的樓梯跑了上來。

「老老老老老老……老公！」怡秋回過頭來，她看上去還好，只是表情非常奇怪。

「妳沒事吧！」賀文瞬間在樓梯上消失又瞬間出現在妻子身邊。

「有一條……那、那個是龍吧？」怡秋說話結結巴巴的：「天啊，你相信嗎？有一條龍把我們的房子撞壞了……」

風暮音這個時候也已經跑到了主臥室門口。

「這是怎麼回事？」她看著瓦礫中間黑紅色的巨龍：「西臣，妳怎麼會在這裡？」

【第八章】
Lies and Love

「她怎麼樣了？」風暮音詢問幫西臣檢查完的賀文。

「傷不太重，主要是勞累過度，好好休息就可以了。」賀文幫西臣拉好被子：「我現在去處理善後，你照顧她一下吧。」

「真是難以置信啊！」怡秋摸了一下西臣的臉蛋：「一條那麼大的龍，怎麼能變成這麼小的孩子呢？」

「因為她是精靈和神族的混血。」賀文拉著妻子走出房間：「好了，我們去想想該怎麼向鄰居們交代吧。」

風暮音在床邊坐了下來，看著床上昏迷不醒的西臣，忍不住開始猜測到底是出了什麼事情。

「暮音小姐……暮音小姐……」西臣很快開始輾轉翻覆起來。

「我在這裡。」風暮音把身體靠了過去：「妳哪裡不舒服嗎？」

「暮音小姐，是妳嗎？」西臣迷迷糊糊地睜開眼睛。

「是我。」風暮音讓她摸了摸自己的臉。

「暮音小姐！」西臣一下子掛在她的脖子上，「哇」的一聲哭了出來：「怎麼辦怎麼辦啊？」

「妳幹什麼，快、快鬆手！」她好不容易拉開差點讓自己窒息的爪子：「妳到底在哭什麼？」

「先生，是我家先生他……」

「金先生？」風暮音停下了按摩脖子的動作：「他怎麼了？」

「我家先生，還有晨輝小姐一定……一定會死掉的！」西臣越說越傷心，索性放聲痛哭起來。

「妳先別哭，告訴我到底出了什麼事好不好？」風暮音受不了地捂著耳朵：「妳一直哭，我也沒辦法幫妳啊。」

西臣抽抽噎噎的，好不容易止住了哭聲。

「我家先生出事了！」西臣擦乾眼淚鼻涕：「他被天帝大人抓起來了！」

「他？」風暮音的心一抽：「金先生為什麼會被他抓起來？」

「還不是為了晨輝小姐！」西臣低著頭，一臉難過的樣子：「晨輝小姐在聖城惹出了很大的麻煩，先生放心不下，最後還是去了聖城……最後也不知為什麼惹怒了天帝大人，被關起來了，現在的情況可能很危險！」

「不是說不在意嗎？怎麼一出事又急急忙忙趕過去了？」

「暮音小姐，妳不明白先生心裡的苦處。」西臣拉住她的手，一臉哀求地說著：「就算妳對先生不滿，但請妳看在晨輝小姐和妳是姐妹的分上，就幫幫她吧！妳知道的，要是先生有什麼意外，晨輝小姐絕對活不下去啊！」

「真感人。」風暮音甩開了她的手：「不過西臣，我有什麼立場要幫他們？妳覺得到了今天，我還會在乎什麼朋友姐妹嗎？」

「會的！」西臣用力地點頭：「因為暮音小姐是很體貼、很善良的人，絕對不會放著晨輝小姐不管的！」

「妳又知道了。」風暮音冷冷一笑：「好，就算是妳說的這樣，我又有什麼能力去救人。妳別忘了我是誰的女兒，我身上流著的，可是魔王席狄斯的血。」

「先生說妳可以的。」西臣肯定地望著她：「暮音小姐和其他人不同，只有妳去，晨輝小姐才有可能平安無事。」

「太荒謬了，金先生是瘋了嗎？」風暮音嘲諷地嗤笑一聲：「我現在這個樣子，別說靠近聖城，就連隨便一個神族都能置我於死地。」

「可是只有暮音小姐，才能解開晨輝小姐身上的咒術。」西臣情急之下只能全盤托出：「否則的話，就算晨輝小姐能逃出聖城，也會慢慢死掉的。」

「什麼咒術？」風暮音狐疑地皺起眉頭。

「天帝大人在晨輝小姐身上下了禁咒，除了他本人之外，沒有人可以破解。」西臣咬了咬牙：「他娶晨輝小姐，不過是需要晨輝小姐的身分而已，那個禁咒會慢慢破壞晨輝小姐的神智，然後她會慢慢死亡，這過程是非常痛苦的。」

「什麼？妳說他要……他費了那麼大的力氣，最後還是要殺了晨輝嗎？」

西臣緩緩地點頭：「那過程會延續幾十年，足夠他借用晨輝小姐的身分達成目的了。」

「他還真是過分……」風暮音早就對這個人感到失望，現在也只是失望得更加徹底而已：「就算是這樣，我怎麼可能從他的眼底下救出晨輝？」

「妳手上的這個標記，其實是天帝大人的力量凝聚而成，只要懂得使用方法，就可以成為解除禁咒的媒介。」

「該死。」一切又回到這裡，一切又要扯回到她的身上。

「暮音小姐……」

「閉嘴！」風暮音站起來，眼中帶著冰冷的嘲諷：「就算她真的是我的姐妹那又怎樣？有什麼理由要求我為她冒這麼大的風險？為什麼每一次都是我去拯救別人的生命和愛情？為什麼我需要幫助和拯救的時候，從來沒有人對我伸過手？」

「那是……那是因為……」

「因為我是魔王的女兒，而她才是真正的公主，所以我活該倒楣？」風暮音緊繃著臉：「我對什麼神族魔族都已經厭煩透了，好不容易能夠安靜地生活，憑什麼要我再捲進那一團混亂裡面？」

西臣低著頭，大顆大顆的淚水落到被子上。風暮音低垂目光，冷漠地看著。

「妳別哭了，我只是抱怨幾句，又沒說不去。」過了很久，風暮音低聲說了一句：「如果有一天，有人會因為害怕失去我而哭泣，我一定會很高興吧。」

賀文夫婦正在樓下的客廳裡說話，看到風暮音從樓上走下來，兩人都擔心地看著她。

「暮音。」賀文走了過來：「妳沒事吧？」

「我沒事。」風暮音搖了搖頭。

「西臣小姐她來這裡是為了……」

「謝謝大家這幾個月的照顧。」風暮音淺淺地笑著：「明天，是重新出發的日子。」

「暮音……」怡秋想要說些什麼，卻被賀文阻止了。

「我去整理一下東西。」風暮音轉身往自己住的客房走去。

「好了。」等風暮音走了之後，賀文拍了一下手掌：「我們晚上順便舉辦一個告別派對吧。」

「老公。」怡秋拉住他說：「我的心一直跳一直跳，我們不要讓暮音走好不好？」

「沒事的，暮音知道她自己在做什麼。」賀文拍了拍她的手背：「而且這孩子一旦決定要做什麼事情，誰都無法強迫她放棄的。」

「可是我真的好害怕。」怡秋咬住自己的嘴唇：「總覺得暮音她……」

「準備派對吧，不是說好要給她一個驚喜嗎？」賀文四處看了看：「對了，小瑞呢？」

「不知道啊。」怡秋一臉迷糊地回答：「他早上說去圖書館，可能還沒回來吧。」

「那隨便他。」對兒子失蹤習以為常的夫婦完全沒有想到，他們可憐的兒子正倒在實驗室冰冷的地板上，痛苦地等待著被人發現。

風暮音翻起梳妝臺上覆蓋著的相框，手指撫過上面熟悉的輪廓。

一旁打開的盒子，一束黑色的頭髮靜靜地躺在裡面，她把從賀瑞實驗室裡拿來的那塊無色晶石一起放在裡面，然後慢慢關上蓋子。走到床邊拿起那只陳舊乾淨的兔子，她解開了耳朵打成的結，然後拍了拍兔子的頭，放回枕邊。最後，她抬起頭看著鏡子裡自己平靜的臉。

已經沒關係了，因為丟失的是無法擁有的東西，不屬於自己的就不要總是戀戀不捨。

她在門邊回頭看了一眼，輕輕地說了一句：「再見了。」

風暮音洗完澡後回到餐廳，發現所有人都不見了，冰箱上還貼著一張莫名其妙的紙條。上面寫著「**到院子裡來**」幾個字，還畫了一堆亂七八糟的東西，一看就知道是泥鰍太太的傑作。

「搞什麼啊……」她拿著水杯，一邊喝水一邊透過窗戶往院子外面看去。偏偏外面漆黑一片，什麼都看不清楚，她只能拿著杯子走了出去。

她才剛走出門，耳邊便傳來幾聲悶響，還有什麼紙屑一般的東西撒了她一身。

「生日快樂！」一陣興奮的尖叫聲之後，四周忽然亮了起來。旁邊的樹上還用彩色裝飾燈泡排列出「暮音生辰」的字樣，賀文、怡秋、西臣包括臉色難看的賀瑞都站在堆滿食物的餐桌邊等著她。

「這是幹嘛？」

「生日派對啊！」怡秋幫她拍乾淨身上的彩帶，然後把她拖到了主位上：「今天是暮音二十一歲的生日，所以要開派對慶祝一下！」

「是嗎？」風暮音呆呆地看著桌子上堆成山的蛋糕和禮物：「為什麼會有這麼多蛋糕？」

「好多都是烹飪班的太太們友情贊助的！」怡秋捂住嘴笑：「暮音真是討人喜歡呢！」

「剛好是二十一個喔。」賀文拆開一個最大的盒子：「這是二十一歲的蛋糕。」

「啊啊，好漂亮！」怡秋興奮地尖叫：「小瑞，你說是不是啊！」

「無聊。」賀瑞翻著白眼：「喂，到底什麼時候結束啊？我幹嘛要為了這個野蠻……

嗚嗚嗚嗚……」

「好了好了，快點蠟燭！」怡秋捂住自己兒子的嘴巴：「我們小瑞急著要唱生日歌了！」

賀瑞發出嗚嗚的聲音，拚命掙扎著。

「暮音小姐。」西臣把一個尖尖的小帽子遞給她。

「我才不要戴這種東西。」風暮音一臉見鬼的表情。

「不行！」怡秋接了過來，幫她套在頭上：「一定要戴的！」

賀文點好蠟燭，大家開始唱荒腔走板的生日歌，火光映紅了每一個人的臉，看上去滑稽又可愛。

「許願時間！」怡秋把風暮音的手放到桌面上，幫她擺出禱告的姿勢。

風暮音感覺自己成了木偶，她保持著那個姿勢看了大家一眼。賀文和怡秋靠在一起笑著，賀瑞偷偷地用眼睛看她，西臣的目光裡充滿羡慕。

「快點許願啊！」在怡秋的催促聲裡，她閉上眼睛，許了個心願。

「我要吃上面有草莓的那塊。」賀瑞指使著母親。

「我也要草莓！」西臣趴在桌子旁邊眼巴巴地看著，完全就是個天真的小孩。

「醜八怪，妳敢跟我搶！」賀瑞瞪著她。

「四眼傻瓜！」西臣毫不示弱地反擊。

兩個孩子，其實是一個妖怪和一個天才兒童扭打了起來，怡秋哭笑不得地在旁邊勸架。風暮音遠遠地看著他們，臉上流露出一種淡然安詳的神情。

「怎麼了？」賀文端著蛋糕過來給她。

「果然活著才會有好事啊。」風暮音挖了一口蛋糕。

「暮音。」賀文終於不再掩飾自己心裡的不安：「不論發生什麼，都不要放棄，好嗎？」

「我放棄什麼了？」風暮音好笑地看著他擔憂的表情：「還有，雖然生日宴會是個不錯的點子，不過總該事先和我說一聲吧。」

「還不是為了給妳一個驚喜。」

「雖然時間差得不遠，不過提前過總是不吉利，好像在辦告別會一樣。」

「怎麼會呢，今天不是妳的生日嗎？我們策劃很久了。」

「你記錯了吧，離我生日還有整整半個月呢。」

「不對不對，我是看著妳出生的，怎麼可能會記錯。明明就是……」

「等一下。」風暮音表情古怪地阻止他：「這有什麼好爭論的？」

「妳年紀小記錯了也很正常。」賀文點點頭。

「不可能，明明還有十五天才是。」

「不會的，我記得很清楚，妳和晨輝是出生在朔月，然後再一個朔月，就是妳們母親的忌日。」賀文轉過頭詢問跑過來的西臣：「晨輝的確是今天生日吧？」

西臣含著叉子點頭。

「相差了整整一年嗎？」風暮音挑了挑眉毛：「動作還挺快啊。」

「不是的。」西臣歪著頭困惑地否認：「晨輝小姐今年也是二十一歲啊。」

「不可能的。」

「暮音，妳到底在說什麼不可能？」

「我和晨輝的生日，怎麼可能只隔了十五天？」風暮音問他們：「你們難道不覺得這不正常嗎？」

「有嗎？」賀文也糊塗了。

「一般來說，再怎麼樣也要間隔九個月吧？」

「九個月？」賀文回頭問自己妻子：「是九個月嗎？」

「大概吧？」怡秋看了看身邊的賀瑞：「我不太記得了。」

「從妊娠開始到自然分娩，大致都是八到九個月的時間。」賀瑞一邊翻著白眼一邊回答：「當然不能排除特殊情況，不過一般來說，雙生子也不可能相隔十五天才出生。」

「原來是這樣啊。」泥鰍夫婦恍然大悟地連連點頭：「原來暮音是雙胞胎啊。」

風暮音簡直輸給這對毫無常識的夫妻。

「說起來的確有點奇怪，不過這和妳們的父親也有關係吧？」賀文小聲地說。

「但你有沒有想過，我們的父親不是同一個人。」風暮音忍不住像賀瑞一樣翻白眼：「我和她怎麼可能是雙胞胎？」

「那倒未必。」出言反駁的竟是賀瑞：「如果單論這一點的話，也有雙胞胎父親不一的情況出現過。」

「小瑞，你不是還有事情要忙嗎？」賀文給妻子使了個眼色，要她趕緊帶唯一不知情的兒子離開現場。

「幹什麼啊！」賀瑞一頭霧水地被怡秋拖走了。

「真是沒想到。」風暮音覺得有點難以接受：「我和那傢伙居然是雙胞胎，父親還不是同一個。」

「那是不可能的。」西臣插嘴：「魔族和精靈一族的血液是不能同時存於一體，所以，不可能會有神族和魔族的雙生子。」

「為什麼？」賀文和風暮音疑惑地對看一眼。

「其實這不算什麼祕密，只是很少有人知道而已。我記得先生說過，只要有這樣的情況，除非是在胎兒成形之前剔除，否則的話只會是一種結果。」西臣說：「我以前見過有精靈族的女性懷了魔族的孩子，一開始可能沒什麼異狀，但當腹中的胎兒開始成形的時候就會發生意外，別說是孩子，就連母親的死狀也很可怕。我家先生曾經說過，那是因為魔族和精靈族的血會相互排斥的緣故。」

「的確有這個可能……啊，我想起來了。」賀文拍了拍腦袋，轉身跑開，一會就見他手裡拿著什麼從樓上跑了下來：「我想起來了，我有妳們兩個人的照片。」

風暮音接過來看了看，上面是藍緹雅夫婦抱著兩個孩子，尚且年幼的賀文一臉桀驁不遜地站在旁邊，還有另外一些人的合影。

「因為懷孕的時候情況非常混亂，所以我一直沒有見過妳母親，直到滿月過後，我才看到妳們兩個。」賀文回憶著二十年前的往事：「我還記得那天我們一起吃晚飯的時候，妳母親忽然開始陣痛，差不多午夜的時候，我聽到房間裡傳出了嬰兒的哭聲，知道是孩子出生了……」

「等一下，這個人是誰？」風暮音打斷他，指著照片其中一個人問。

「醫生啊，是為妳母親接生的醫生。」

「是個帥哥呢！」西臣湊在旁邊看著：「看起來的確是很不錯的男人啊！」

「問題不在這裡。」照片裡那個對著鏡頭、笑容溫柔可親的男人，風暮音很眼熟：「我認識他，這是M醫生。」

「妳認識M醫生？真是太巧了，當初是他親手把妳帶到這個世界上的。」賀文露出了懷念的表情：「說起來我們有近二十年沒有見過面，也不知道他現在怎麼樣了。」

「一模一樣。」

「什麼？」

「和照片上的樣子一模一樣。」風暮音把手裡的照片還給他：「他還是我的眼科醫生，和蘭斯洛的關係似乎也很密切。」

「是嗎？」賀文倒是沒有太過驚訝：「他本來就是工會裡背景最神祕的人之一，不過當初多虧他的幫忙，否則工會不可能這麼簡單就對妳母親的事放手不管。」

「我總覺得這個人……」

「離題了。」西臣在旁邊提醒他們：「我們剛才好像不是在討論這個帥哥，而是血緣之謎吧？」

大家一起擺出冥思苦想的姿勢，直到風暮音挫敗地嘆了口氣。

「沒什麼好想的。」她不耐煩地揮揮手，表示到此為止：「反正再怎麼想，事實都是這樣了。與其想這件事，還不如想想該怎麼把晨輝和金先生救出來比較實際。」

「最大的麻煩，是我們很難靠近天帝居住的聖城。」西臣黯然地說著：「我當時並沒有和先生他們一起進去，但因為東將和我本來是一體共生，所以我才能知道發生的那些事情。如果要進入聖城的話，任何異族都沒辦法瞞過天帝大人的耳目。」

「那就是說，我們根本連靠近那座城市的機會都沒有？」風暮音啼笑皆非地問：「那妳來找我去救什麼人？」

「總會有辦法的。」西臣咬著嘴唇：「我們可以試試看，說不定不會被發現。」

「我難得答應妳去做這件事，妳這是在和我開玩笑嗎？」風暮音嘆了口氣：「萬一被發現，不用說也知道是什麼下場。難道說他們的命重要，我們的就不用考慮了？」

「暮音，如果是這樣，我不同意妳去。」賀文轉身對著西臣說：「西臣小姐，我還以為金先生有什麼周密的計畫，如果說純粹是靠運氣，那這件事就到此為止。」

「但是……但是……」西臣沒想到只是一眨眼的功夫，情況就急轉直下，她慌張地辯解：「也不能說完全不行啊！至少暮音小姐的手上還有天帝大人的……」

「那沒有任何作用，相反，只會讓你們一踏進天界就被諾帝斯捏在掌心之中。」

三個人吃了一驚，同時轉身看向發出聲音的地方。

【第九章】

Lies and Love

照明的燈光忽然全部暗去，而在月光照射不到的樹木陰影中間，慢慢浮現出一個黑色的影子。有點類似於人類的輪廓，在注目之中慢慢成形，最終把影子變成一個有著飄逸長髮的高眺男人。

「如果說，我有辦法讓你們如願以償呢？」當他出現在月光下時，那雙妖魅的紫色眼睛立刻向所有人表明了他的身分。

「你想做什麼？」賀文把風暮音拉到自己背後。

「魔、魔、魔王！」西臣吃驚得連話都說不出來了。

只有風暮音看上去毫不慌張，也沒有太過防備的神情，她看著席狄斯的樣子，就像看到不受歡迎的不速之客一樣。

「請不要緊張，我只是友善地拜訪。」席狄斯一邊說，一邊觀察著自己「女兒」的反應：「你們是我女兒的朋友，當然就像我的朋友一樣。」

「你來這裡幹嘛？」風暮音拍了拍賀文的肩膀，示意他不用太過緊張。

「我不是說了嗎？只要妳有需要我的地方，我就會出現在妳的面前。」席狄斯走到餐桌旁，看了看滿桌子的禮物：「我不知道今天是妳的生日。」

「你不需要知道。」風暮音冷哼一聲。

「我能和自己的女兒單獨談談嗎？」魔王忽然用一種十分禮貌的語氣，對在場的其他人提出要求：「是一些很私人的話題。」

賀文看向風暮音，等風暮音朝他點頭之後，才和西臣一起退回到屋子裡。

「你什麼時候知道我是你的女兒？」風暮音平靜地問：「很早就知道了嗎？」

「不算很早，他們偽裝的很成功。第一次見面的時候，幾乎連我都被騙了過去。」席狄斯坐在餐桌邊，為自己倒了一杯紅酒，拿起一塊蛋糕，隨口問了一句：「妳恨我嗎？」

「這個問題有什麼意義？」風暮音笑了笑：「我已經無所謂了，隨便吧。」

「我的公主，妳想要什麼禮物？」席狄斯似乎完全不在意她的排斥：「不論什麼奇珍異寶，只要是這個世上存在的，我就有辦法給妳，妳可以儘管開口。」

「我要的東西你給不了。」

「別和那些把欲望說成無價之寶的傢伙一樣愚蠢。說到底，欲望只是醜惡自私的產物。」席狄斯邪惡地笑著：「人類和神族都是偽善虛假的，他們總是美化自己的欲望，用華麗的辭藻修飾自己，讓他們看起來美麗迷人，就像這些裝著禮物的盒子一樣。但當妳撕掉那些無用的偽裝，最終能看到的也只是和魔鬼一樣醜陋的本質而已。」

「隨便你怎麼說。」風暮音甚至不願意正眼看他：「反正魔鬼總是不停地詆毀萬物。」

「如果妳說我是在詆毀那些偽善的神族和那個虛偽的天帝，那妳就完全錯了。」席狄斯拿起杯子，淺淺地喝了一口香醇的紅酒：「妳不要以為神族有著美麗純潔的外表，就代表他們的內心是一樣的。只要剝開那層外皮，妳就能看到他們甚至比魔族還要骯髒齷齪的內心。比如說妳的『天青』，有時候他的手段連我都自愧不如。」

「你和他一樣卑劣無恥。」

「妳應該把他當成對手而不是情人。」注意到風暮音遲疑迷惑的眼神，席狄斯嘆了口氣：「在魔鬼的世界裡，只要妳是強者就能得到一切；可是在神界，妳要比任何人都有手段，才可能爬到最高處。如果妳早點知道，他是如何才有了今天的地位，說不定就不會對他口中的愛情心生渴望了。」

「我沒有愛上他。」風暮音冷笑著否認：「那個諾帝斯和我也沒有任何關係。」

「諾帝斯一定在得意地嘲笑妳吧？」席狄斯的聲音帶著一絲諷刺：「身為我的女兒，居然被我的宿敵如此嘲弄，妳就不覺得羞恥嗎？妳要記住，在妳身體裡流淌的，是所有魔族中最最尊貴的血液，是我席狄斯的血。」

風暮音用冰冷憤恨的目光，瞪著這個據說是自己父親的魔鬼。

「那你覺得我該怎麼辦？」她故意這麼問，想知道這位魔界之王到底要做什麼？

「殺了他們。殺了所有欺騙妳的、所有阻礙妳的人，還有那些對妳沒有幫助的廢物。」

席狄斯輕描淡寫地說著，語氣就好像在說「今天天氣很好」一般。

「包括你嗎？」

「我也是殺了自己的父親才得到今天的地位。」席狄斯笑著回答：「如果妳做得到，殺了我之後妳就是魔界之王，最強者擁有一切，這是魔界的生存法則。」

「我不是禽獸。」

「妳當然不是，妳是我的女兒，魔界的第一公主。」席狄斯充滿惡意地說：「換句話說，妳和我一樣是個魔鬼。」

聽到這句話，風暮音的臉色變了，但她卻無法反駁。

「好了，別生氣。我開玩笑的，要殺諾帝斯可不是什麼簡單的事情啊——」席狄斯神情一變，又是一臉寵溺地對她說：「不過妳別真以為自己愛上了他，那才是真正的愚蠢。」

「你是什麼意思？」風暮音猶豫地問，直覺他話裡有話：「什麼叫我不要真以為自己愛上了他？」

「魔族都是貪戀力量的，我們能在強者身上聞到令人血脈沸騰的味道。我們會被強者吸引，那才不是什麼愛情。」席狄斯站了起來，走到她面前：「當然，魔鬼也是有愛的。魔鬼的愛是毀滅，我們越愛就越想毀滅，想要某一樣東西的時候妳會不擇手段，等得到了之後就徹底將之毀壞。」

「你就是這麼對我母親的嗎？」風暮音直視著他：「得到之後就毀掉她？還是因為得

不到，所以才毀滅她？」

「不要在我面前提妳的母親，妳要知道，我是很容易被激怒的。」席狄斯一把抬起風暮音的下巴，強迫她看著自己的眼睛：「別惹我生氣，暮音。就算妳是我的女兒，我的容忍也是非常非常有限的。」

「我根本不願意是你的女兒。」

「我的血統才是最優秀也最出色的，絕對不是那些沒用的精靈能夠相比。」席狄斯的聲音低沉下來，空氣中充滿了令人不寒而慄的陰冷：「我的孩子，妳最好能記住這一點，並以此為榮。」

「我一點都感覺不到榮幸。」風暮音揮開了他的手：「雖然他也很過分，但我多少能理解他的想法。不過如果我能選擇，我不願意成為你們任何一個人的孩子。」

「這是在向偉大的、能夠為之付出一切的愛情致敬嗎？」席狄斯用另一隻手摟住了她的腰，不給她絲毫退卻的機會：「雖然我不明白愛情有什麼吸引人的地方，不過還是覺得它非常神奇。畢竟能讓高尚的精靈之王做出如此卑劣低下的事情，絕對是很不簡單的。」

「不許你侮辱他。」風暮音的身體變得僵直：「放開我。」

「我就知道妳會生氣。」席狄斯就像是在等待著她的反應，並以此為樂：「每次只要聽到有人說他不好，妳馬上就會把全身的刺豎起來維護他，這樣子還挺可愛的。不過此時此刻，妳不覺得這種維護很可笑嗎？」

「不論是出於什麼目的，但他對我就像真正的父親一樣。」風暮音停下掙扎，仰起頭看著他：「我不明白，你有什麼立場在我面前說這種話？」

「好吧。」席狄斯鬆開手：「我承認我是恨他偷走了我的女兒，這樣可以了吧？」

風暮音一直往後退了好幾步，和他拉開安全的距離。

「真可愛，我越來越喜歡妳了。」席狄斯說這句話的時候，不論表情還是內容，都讓人感到毛骨悚然：「不要管那些毫無幫助的事情了，早一點回到我的身邊吧！」

「這就是你的目的嗎？」風暮音瞇起眼睛：「用幫助我作為要我跟你回去的交換條件？」

「當然了，妳不會以為我是在做不求回報的善事吧？」席狄斯一臉無奈：「這是我第一次做出這麼大的讓步，這樣的話，等事情結束之後，妳也能心甘情願地跟我回去了吧。」

還真是徹底發揮了魔鬼的本性，把一切可以利用的東西利用到底……想到這些，風暮音臉色難看地哼了一聲。

「暮音小姐，魔王和妳說了什麼？」西臣試探地問她：「他好像設了屏障，所以我們什麼都沒有聽見。」

「沒什麼，都是廢話。」風暮音不準備詳細說明。

「可是他為什麼要幫我們？」西臣偷偷地看她的反應：「他是不是對妳做了什麼過分的要求？」

「我說了沒什麼，我們只是談了一些和我有關的事情。」

「但我覺得……」

「妳到底想不想救他們？還不看著前面飛快點！」風暮音不耐煩地打斷她：「還在這裡拖拖拉拉的，要是真的出事了，我不會負責的。」

「我們就要到了。」西臣只能回過頭望著前方：「那裡就是浩瀚城。」

漂浮在碧藍海面上的城市，看上去就像在陽光下閃閃發光的藍色寶石，那是神界南方最大的城市——浩瀚城。

「暮音小姐，妳一個人真的沒問題嗎？」在分手的時候，西臣還是不放心地問。

「我能有什麼事？」風暮音瞟了她一眼：「放心吧，我答應妳要幫忙，就會想辦法把他們兩個從聖城帶出來的。」

西臣看著她高傲筆直的背影，心裡的慌張忽然開始迅速擴散。

最近有一件轟動神界的大事，就是始終獨身的天帝大人終於決定要娶妃了，而且娶的據說是精靈族的公主。每個人都在談論著這件事，談論著天帝大人，談論著那位神祕的公主。

所以就連一向安靜的浩瀚城，這幾天也一反常態地喧鬧起來。

「音，你好像不怎麼喜歡談論自己，來了這麼多天都沒聽你說過幾句話。」話題忽然之間從天帝和他的妻子，轉到了坐在一邊發呆的她身上：「怎麼了？還沒習慣浩瀚城潮濕的氣候嗎？」

「不是。」發現五六雙眼睛都盯著自己，風暮音搖了搖頭：「我不太會說話，所以還是少說一點比較好。」

「你還真像一個嬌貴的小姐。」個性爽朗的雷克拍了拍她的肩膀，不含惡意地調侃著：「再說你長得這麼漂亮，穿女孩子的衣服一定也很可愛。」

「好了好了，別總是欺負新來的。」站在一旁的副隊長納迪走了過來，不著痕跡地把他的手從風暮音肩上拿開：「該去換班了。」

雷克他們又說笑了一陣子，才陸陸續續走出休息室。等到他們都離開之後，房間裡只剩下納迪和風暮音。納迪關上門，走到風暮音面前，恭恭敬敬地朝她單膝跪下。

「我說了別跪來跪去的，我不習慣。」

「公主。」納迪站了起來，但還是低著頭：「委屈您必須對這些人假以詞色，還請多忍耐幾天。」

「我也說過了，不要叫我公主。」風暮音靠在椅子上：「到底還有幾天才能出發？」

「我今天得到消息，清泉城的城主吉亞大人已經到了，後天應該就能出發。」

「後天……」風暮音想了想：「你能確定到時候名單裡會有我嗎？」

「請您放心吧。」納迪肯定地告訴她：「一切都已經安排好了，您一定可以順利進入聖城的內城。」

聖城的內城，是一般神族都無法隨意進出的地方，所以硬闖是毫無希望的。只有讓潛伏在神界多年的內應，幫助自己進入浩瀚之王前往述職的隨行之中，然後趁機會混進天帝居住的內城，這就是席狄斯的計畫。

納迪就是席狄斯在神界的眼線之一，浩瀚之王近衛隊的副隊長，就算在整個神界也能說是相當有地位的人物。

「納迪，為什麼要幫魔王做事？」這個人給她的印象，完全不像一個狡猾的背叛者。

「每個人都有自己的原因。」納迪的回答模稜兩可：「就和公主您始終不願意承認自己是公主的道理一樣。」

「我知道了。」風暮音收起難得一見的好奇心，朝他點點頭：「你去忙吧，有事我會再找你的。」

「請您小心一點。」納迪退了出去。

風暮音本來想閉目休息一陣子，卻始終沒有睡意。她看了看手腕上被席狄斯設法遮掩的記號，最後決定一個人到海邊走走。

浩瀚城是一座漂浮在海面上的城市，空氣中充滿了海水的氣味。

風暮音站在海邊的巨大礁石上，閉著眼睛感受海風吹在自己臉上。她彷彿聽到一陣陣動人的歌聲從遠處傳來，在銀色月光下縈繞蕩漾著。這幾天一直在耳邊纏繞不休的那些話語，也跟著變得遙遠許多。

「暮音！」

她睜開眼睛看過去，發現不遠處的礁石上站著兩個人。其中的一個正拚命朝自己揮手，那人有著柔順的淺藍色頭髮，額角覆蓋著藍綠色鱗片，還掛著一張討人喜歡的笑臉。

吉亞？

風暮音猛然想起剛才聽納迪提過的名字。她這才意識到，上次的神界之行中有過一面之緣的青年，居然就是傳說中那個難纏的清泉城城主。

為了避免不必要的麻煩，她假裝沒看到對方，跳下了礁石準備離開。

「你等一下！」沒想到吉亞的動作十分迅速，風暮音才走沒幾步，就被他從後面追上了：「暮音，是我啊，你不認識我了嗎？」

「你是……」風暮音決定裝傻：「我們認識嗎？」

「我是吉亞啊！」南方最受人歡迎的青年才俊深受打擊：「難道你忘了，在飄渺城我們見過一面，當時你妹妹也在。」

「是嗎？」風暮音淡淡地說：「好像有點印象吧。」

「遇到熟人了嗎？」那個和吉亞一同到來的人這時也已經走了過來。

「我一時得意忘形，還請您原諒。」吉亞拉住風暮音的手，眉飛色舞地把她拖到那個人面前：「這就是我說過的暮音，您看，就和我形容的完全一模一樣吧。」

風暮音很輕易就從吉亞尊敬的語氣裡，猜到了另一個人的身分。

這位南方的浩瀚之王有著一頭深藍色長髮，同色的眼睛中充滿了睿智的光芒，能看出是個表面溫和親切，內心冷靜敏銳的厲害人物。

「你好。」在對方打量自己的時候，雅希漠也不著痕跡地把這個黑髮少年仔細看了一遍：「我常聽吉亞提到你。」

他雖然知道吉亞並不是喜歡誇張的人，但在今晚之前，他還是沒辦法想像出吉亞所形容的「令人移不開視線」到底是怎樣的一種感覺。但當他遠遠地看到這個站立在高處，閉目聆聽著海浪的身影，他忽然能夠體會到了。那就像是在黑暗中看到了一點微弱而美麗的光，讓人想要擁有卻無法捕捉的……

風暮音點點頭，露出一副不知道眼前這兩人身分，也不感興趣的冷漠表情。

「暮音，你們後來沒事吧？」吉亞似乎高興得有些忘形：「那天晚上情況很混亂，希望你們沒有遇到什麼意外，能在這裡看到你實在是太好了！」

也許是因為水族天生體溫較低，吉亞一直抓著她不放的手有些微涼，讓風暮音不是很舒服。

「放手。」風暮音終於忍受不了地甩開了他。

吉亞先是一呆，然後表現出一臉委屈的樣子，一旁的雅希漠倒是十分感興趣地看著。

「謝謝關心。」風暮音瞥了他一眼：「我們都很好。」

「你妹妹呢？」吉亞是很容易就能從挫折中恢復的類型，一轉眼又變得笑容滿面：「她也和你一起來浩瀚城了嗎？」

「她……沒有。」風暮音搖頭：「她這次沒有和我一起出來。」

「真是遺憾。」吉亞想起那個有著一雙漂亮眼睛的小美人：「她是位很可愛的小姐，真希望能再看到她。」

「會的。」風暮音淺淺一笑，眉宇間帶著不易察覺的晦暗：「你很快就能見到了。」

「真的嗎？」吉亞開心地問：「她是不是也會來這裡？」

風暮音笑而不答，可是在對上雅希漠試探的目光之後，她臉上的笑容慢慢地變淡，直至消失。

這個浩瀚之王，絕不是可以輕易欺瞞的人物。意識到這一點，她立刻有了盡快脫身的打算。

「那不打擾你們了。」她點點頭，看起來正準備說再見。

「怎麼了？你要走了？」吉亞又伸手拉她：「我們才剛見面啊！」

風暮音冷冷地瞪了他一眼，成功地讓他把手縮了回去。

「我還有事。」說完這一句，風暮音朝雅希漠點頭：「有機會再見吧。」

雅希漠把雙手背在身後，深不可測的目光就像要把她看透一樣，風暮音深深地和他對望一眼，然後轉身離開。

「啊，他就這麼走了？」那個纖細的背影融入黑暗最終不見，吉亞失望地垂下肩膀：「還是和那時一樣冷淡呢，難得又遇到，不知道什麼時候才能再見了。」

「聰明的清泉城主，是什麼讓你連基本的觀察力都喪失了呢？」雅希漠好笑地搖頭：「難道說你除了他這個人之外，什麼都看不到嗎？」

「觀察力？」吉亞不明白地看著他：「您是指的哪一方面？」

「最基本的方面。」自己向來精明能幹的左右手突然變得遲鈍，雅希漠感到有些吃驚：「比如說他的衣著打扮，就沒有讓你想到什麼？」

「衣服？」吉亞回頭看著風暮音消失的方向：「好像是銀色和藍色的……」

「在這座浩瀚城裡，只有一種人會穿那樣的衣服。」雅希漠開始懷疑那個叫暮音少年，是不是真的懂得控制人心的法術，因為他從來沒有看過吉亞這麼失常。

「是近衛隊的衣服！」吉亞終於恍然大悟，但隨之而來的卻是更大的疑問：「但是……他怎麼會穿著近衛隊的衣服，難道說他加入了近衛隊？這不可能的啊！」

「為什麼不可能？」

「他那樣的人，怎麼可能當你的近衛！」吉亞對顯赫的近衛隊露出了不屑的表情：「這太不正常了！」

「我看最失常的是你才對。」雖然嘴上這麼說，但雅希漠心裡倒是同意吉亞的看法。那個少年本身的存在感太強了，強到足以讓人忽略其他的細節，如果不是仔細留意，他也沒發現對方身上居然穿著近衛隊的制服。

這樣的人怎麼會屈居人下？他到底是什麼來歷？是不是有所圖謀？

看來有必要讓人好好地調查一下了。

【第十章】

Lies and Love

第二天，風暮音毫不意外地被請到雅希漠面前。

「雅希漠大人。」她沒有刻意裝出吃驚的樣子，雅希漠不容易被演技迷惑，還不如自然一點比較好。

「你果然知道我是誰。」雅希漠坐在桌子後面，從堆得像山一樣高的卷軸裡抬起頭。

「身為您的近衛，我沒有理由不認識您。」

「那昨晚怎麼好像不認識我？」雅希漠指了指自己面前的位子：「坐吧。」

「您似乎並不願意被我認出來。」風暮音坦然地坐了下去：「所以我就自作聰明沒有出聲。」

「的確很聰明。」雅希漠並不掩飾自己的讚賞：「當一個近衛實在大材小用了。」

「謝謝大人誇獎。」風暮音微微一笑：「我對目前的狀況已經非常滿意了。我一直認為不論做什麼事，都應該一步一步完成。」

「難得有人在我面前這麼說。」雅希漠看了她一會，從手邊拿起一個卷軸展開：「聽說你是不同種族的混血後裔，這會讓你今後的發展很不順利。」

「我們不能選擇自己的出身。」她的聲音有些苦澀。

雅希漠一愣，抬起頭看著她的時候，正巧捕捉到那一閃而逝的哀傷。他的心不受控制地一跳，覺得冥冥之中有什麼無形的力量，甚至開始影響到了自己。

「你應該知道，我明天就要出發去聖城。」沉吟了一會，雅希漠做出一個決定：「你跟著一起去吧。」

這個人實在太危險了，如果說他是懷著別樣的目的來到浩瀚城，那遲早都會引起軒然大波。只有好好地看牢他，才有可能控制任何突發的變化。

雅希漠當時就是這麼想的。但他完全沒有預料到，恰恰就是因為他的這個決定，讓一場真正的風暴，開始在遙遠的聖城慢慢成形。

從藍天下看去，遠處恢宏美麗的白色城池散發著一種神聖純潔的味道。

「那就是聖城嗎？」風暮音臉上的表情有些奇怪。

「是啊！」坐在她身邊的吉亞聽到了，立刻就湊過來：「很壯觀吧！」

「好像用冰雪做成的一樣。」風暮音像是在自言自語：「不知道摸起來是不是冷的？」

「那是從聖山深處運來的白石，不過摸起來的確很冷。」吉亞解釋說：「和我們的天帝大人很相似，都是完美得沒有一點瑕疵。」

「完美本身就是一種瑕疵。」風暮音揚起嘴角。

埋在卷軸裡的雅希漠抬起頭，目光從她臉上滑過。

「我是不是說了什麼不恭敬的話？」風暮音看了一眼忽然沉默的他們：「我還是不要

在這裡比較好。」

「沒什麼，我和雅希漠大人不會在意啦！」吉亞乾笑了兩聲：「不過這種話千萬別在其他人面前隨便提起，天帝大人可是不容褻瀆的。」

不容褻瀆？

「我知道了，不容褻瀆嘛。」風暮音點點頭，然後站了起來：「那我走了。」

「你要去哪裡？」吉亞連忙攔住她。

「近衛隊都在外面。」

「你要出去？」吉亞吃驚地問：「難道說這裡不舒服嗎？」

「但這是尊貴的大人們乘坐的馬車。」風暮音一針見血地指出事實：「我身分低微，這一路都和兩位坐在一起，已經很不應該了，怎麼還能跟著一起進入聖城呢？」

「誰在乎別人怎麼說。」吉亞滿不在乎地說：「要是他們真的問起來，你就說是進來陪我聊天的。」

「我不喜歡聊天。」

「沒關係……」

「吉亞。」雅希漠忽然插嘴：「暮音說的也有道理，你就讓他出去吧。」

雖然吉亞不太情願，可上司都開口了，他也沒有立場繼續反對，只能哀怨地目送著風暮音離開馬車。

「吉亞。」雅希漠又低下頭：「進了聖城，你最好收斂一下自己的行為。」

「我可以認為大人這是在吃醋嗎？」

雅希漠手裡的筆一滑，畫花了一份重要文件。

「大人和我一樣，都很喜歡暮音呢！」吉亞酸溜溜地感嘆：「如果他是女孩子，我們兩個人一定會為了奪取他的芳心而大打出手吧！」

「能不能請你停止那些荒謬的胡思亂想。」雅希漠合上卷軸，不動聲色地湮滅證據：「既然你那麼喜歡黏著他，到了內城之後，你就寸步不離，偷偷跟著他不就好了？」

「為什麼？」

「別告訴我你沒看出來。」雅希漠垂下視線：「我們這位與眾不同的近衛，好像對聖城有特殊的想法。」

「那你還把他帶過來？」吉亞挑著眉毛：「不怕惹什麼麻煩嗎？」

「我為什麼要怕？只是一個小小的隨從，就算惹了什麼麻煩，也不至於和我有什麼關係。」雅希漠把目光投向那座越來越近的冰雪之城：「相反，我倒是有點期待，不知道這個渾身都藏滿了祕密的暮音，到底想在神界的王城裡，得到什麼東西呢？」

浩浩蕩蕩的一列隊伍，從敞開的大門緩緩進入只有一種潔白色彩的神聖之城。金色眼睛的男人站在高處，很有耐心地仔細觀看著，沒有漏過任何一個細節。等到隊伍完全進入城門，他招了招手，身邊的隨從立刻靠了過去。

「盯著那些近衛，特別是當中黑髮黑眼的少年。」他小聲地吩咐：「一定要小心謹慎，千萬不要驚動雅希漠大人。」

「是。」隨從領命去了。

「事情好像變得很有趣。」他自言自語地說著：「雅希漠大人，不知道您這次又給我帶來了什麼樣的驚喜呢？」

「暮音，你要去哪裡？」

風暮音停下腳步，卻沒有回頭。

「這裡不比浩瀚城。」吉亞從她後面走了出來：「這麼晚了，還是不要隨意在外面走動比較好。」

「我只是睡不著，想到有樹木的地方透透氣。」風暮音臉色一點都沒變：「可是沒想到這裡連一棵樹都沒有。」

「聖城的土地都是用白石覆蓋的，當然長不出任何植物。」吉亞歪著頭看她：「我真沒想到，你能走這麼遠的距離不被發現。不過，遊戲也應該到此為止了，繼續下去會惹上大麻煩的。」

「那麼說來，我已經快接近目標了。」

「再往裡面走就是天帝居住的宮殿，要是你隨意闖進去的話，誰都救不了你。」吉亞嘆了口氣，過來拉她的手：「你還是乖乖回去睡覺吧。」

「吉亞大人。」聽到風暮音第一次用近乎溫柔的語氣對他說話，吉亞愣了一下：「我既然到了這裡，又怎麼能回頭呢？」

「你瘋了嗎？」吉亞嘆著氣拉住了她的手：「我還以為你只是來找某樣東西，才放任你到處亂晃。沒想到你實在是膽大包天，我不能眼睜睜看著你進去送死。」

「你放心吧，諾帝斯現在不在。」風暮音抿了抿嘴角：「不然我也不會挑這個時候進去。」

「你會怎麼知道天帝大人不在？」吉亞驚疑不定地看著她。

「我就是知道。」

「暮音，你到底是什麼人？」吉亞不由自主地放開了她的手：「你到底想要做什麼？」

「雖然我很想狠狠地打諾帝斯那個渾蛋一頓，不過現在有更重要的事情要做，就暫時先放過他好了。」風暮音所說的話讓吉亞瞠目結舌：「我是來搶新娘的。」

吉亞聽完這句話，整個人就直挺挺地往地上倒去，他甚至連任何聲音都沒能發出來。

「很抱歉。」風暮音在半途接住了他，然後把他扶到某個角落：「我不能讓你破壞了我的計畫。」

吉亞瞪大眼睛看著她，不明白為什麼突然之間會變成這樣。然後，他看到暮音那雙黑色的眼睛開始慢慢改變顏色。他張大嘴巴，但無法發出任何聲音來表示自己的驚駭。

「就像你看到的。」風暮音紫色的眼睛在聖石的反光中顯得極其詭異：「你是個不錯的朋友，希望你不會介意我是個魔族。」

不介意個鬼！怎麼可能不介意?!

他怎麼可能會是魔族？而且是有著魔界王族血統的魔族？為什麼魔界的王族會冒著巨大的風險潛入聖城？為什麼他要說自己是來「搶新娘」的？還有，他的表情怎麼會這麼這麼地悲傷……

風暮音放倒了毫無防備的隨從，踏進了神界帝王居住的宮殿。

就和她想像中的一樣順利，諾帝斯果然是個過分自負的人，不會想到有人能夠潛入他的眼皮底下。地方雖然很大，但她沒有費多少功夫就找到了躺在其中一間房間裡的晨輝。

看到晨輝的時候，她心裡鬆了口氣。晨輝的氣息很微弱，但還算平穩，只是看起來十分憔悴。

那個人也真是狠心，居然對晨輝使用那種惡毒的法術。

就在風暮音伸出手，要照著席狄斯教的方法解開咒術的時候，卻因為看到晨輝胸前的閃光而停了下來。

那是一個星辰形狀的飾物，正安靜地躺在晨輝胸前。

風暮音呆呆地看著，眼睛裡慢慢湧現迷茫。

「晨輝，我們明明是同一個母親所生，甚至有可能是雙胞胎。」她的聲音迴盪在空曠冰冷的房間：「我一直不明白，為什麼妳是光明公主，我卻是魔王的女兒？」

當然沒有人回答她。

「妳是早晨的光輝，我是黑夜前的聲音。我的父親是妳的父親，我能夠活下來的理由，只是因為要成為妳的替身。」她就像著了魔一樣對著昏迷不醒的晨輝說話：「晨輝，如果妳是我，妳會怎麼辦？妳會恨他們嗎？」

風暮音伸出手，慢慢地放在晨輝的脖子上，然後再慢慢收緊。她面無表情地看著晨輝在自己指間變得臉色蒼白，嘴唇發紫。淚水一滴一滴從她的眼眶掉了出來，落在晨輝的臉上。直到她手上的力氣漸漸消失，雙手無力地從晨輝頸邊滑落。

她還是做不到。不論怎麼怨恨，她還是下不了手。她忽然用力地摟住晨輝，用力地哭了出來。晨輝胸前的那枚徽章，所發出的光芒就像要鑽進她的皮膚，但她還是沒有放手。

「妳哭得這麼傷心，是因為沒有勇氣殺了她嗎？」

風暮音的心臟一陣緊縮，她緩慢地放下晨輝，慢慢地回過頭。

潔白無瑕的身影站在一片白色之中，銀色長髮一直傾瀉到地面上，那個人用完美的面孔和憐憫的神情俯視著趴在床邊的她。

「天青。」她想自己一定是昏頭了，才會喊出這個名字。

「沒想到，席狄斯居然會承認妳這個擁有卑賤血統的女兒，還讓妳成為他的繼承人。」他的聲音悠揚而動聽，卻盡說些殘酷至極的話：「冷血的魔王也能變得這麼溫柔，妳就不覺得奇怪嗎？」

「卑賤」這兩個字聽在風暮音耳裡，就像一把銳利的刀在她心上狠狠地扎了下去。

「妳真以為魔王也有善心？他教妳的方法只會加速死亡，歸根結底，席狄斯只是想借妳的手殺了她而已。」諾帝斯的目光寫滿同情：「就算犧牲了妳，只要能給我重重一擊，這也還是值得的。」

「我真的很喜歡你，天青。」她低著頭，告訴自己這是最後一次對這個人說這句話。

「那只是一個誤會。」他連半秒鐘遲疑或猶豫都沒有。

「你真的……」一點點都感覺不到嗎？我的愛情？

風暮音用力地閉上眼睛，就算這個答案在意料之中，雖然她隱藏在堅硬外殼下軟弱的心，在很早以前就已經支離破碎，不過她還是覺得很痛。

也許不知不覺之間，她已經把這個人變成心裡的一部分，所以每一次排斥，就像把她的心血淋淋地撕扯開一樣。雖然他不是天青，但天青卻是他。

「我只希望，我從來沒有認識過你。」她站了起來，紫色瞳孔有一瞬渙散：「或者說，我從來就不認識你。」

她的身體僵硬，眼中看到的一切都是顛倒的，包括這個她從不認識的「天帝」。而在她倒下去之前，有一隻手及時抓住了她的手腕。

「怎麼了？」諾帝斯一把拉住她的手腕：「妳不是一直覺得自己很堅強嗎？原來這麼不堪一擊？」

「不就是想要踐踏我嗎？」她仰起頭，用輕蔑的目光看著這個高高在上的男人：「你儘管嘲笑好了，我不在乎。」

諾帝斯目光一沉，隨即卻笑了起來，他鬆開手，等著看風暮音摔倒在地上。

風暮音的確重重摔倒在地上，但只是一瞬間的事。她幾乎立刻撐著地面站了起來，而且穩穩地站著。

「真是愛逞強。」諾帝斯閉了一下眼睛，似乎不耐煩起來：「也不知道我為什麼在這裡和妳浪費時間。」

風暮音看了看他，又低頭看了看自己的手腕，然後從腰間取出一把匕首，對著那個有印記的地方劃了下去。

刀刃破開血肉，她絲毫沒有手軟，就好像切割的不是自己的身體。

當然很痛，可是看到鮮血不停地湧出來，那一塊代表著感情的皮膚從身體上被剔除，她居然有一種殘忍的快意。

「諾帝斯。」這次風暮音沒有喊錯，她用手拎著那塊血淋淋的皮肉：「你虛假的愛情，我現在就把它還給你。」

血滴一路淋漓拋灑，落在諾帝斯腳邊。

諾帝斯看著被鮮血濺到的衣服和地面，臉上的表情顯然代表著被她這種舉動觸怒了。

「我真是傻瓜。」風暮音扔掉匕首：「我早就應該動手的。」

她拔出腰間的劍，一劍刺了過去。刺的不是諾帝斯，而是在自己身後躺著的晨輝。

劍很鋒利，刺進身體的時候，幾乎沒什麼痛苦的感覺。四周忽然安靜下來，血珠一滴一滴落在白色的地面上，聲音清晰可聞。風暮音垂下手，仰起頭看著站在面前的人。

鮮血順著她的指尖流淌下來，她卻似乎毫無知覺。諾帝斯手裡拿著她的劍，已經有一半劍身沒進了她的胸口。風暮音低頭看了一眼，然後笑了起來。笑聲開始有些斷斷續續，等她嗆咳了幾次，把哽咽在喉嚨裡的鮮血咳出來後，就變得順暢了許多。

她一邊笑，一邊伸出滿是鮮血的手，圈住了諾帝斯的脖子靠到他的肩上。這個動作讓劍更深地刺進了她的身體。她像是感覺不到疼痛，臉上居然還掛著笑容。

「我不是想要殺她。」她伏在諾帝斯肩上，用只有兩個人能聽見的聲音說。

「我知道。」諾帝斯的回答一樣很輕：「是我想殺了妳。」

「我知道。」她笑了，鮮紅的血順著她的嘴角流淌出來：「這樣很好，這是第一次，我們都知道對方真正在想什麼，可惜……也是最後一次……」

諾帝斯側過臉，她靠了過去，因為距離太近又或者其他原因，諾帝斯並沒有避開，而是任由她把嘴唇印上了自己唇角。

風暮音柔軟的嘴唇充滿了血腥的味道，可是這個帶著死亡氣味的吻，感覺卻像是最純潔的問候或告別。

「失去了我，你會後悔嗎？」風暮音在他嘴邊喃喃地說：「如果你會覺得傷心、覺得後悔，那你就是愛上我了。」

「我想不會。」諾帝斯的目光盯著她過分平靜的臉：「妳對我來說，沒有什麼用處。」

「我可能是這個世界上最愛你的人了吧？」她的聲音就像在吟唱著某種咒語：「你親手殺了最愛你的人，所以你永遠都不會忘記我的……天青……」

她閉上眼睛的時候，笑得像個惡作劇得逞的孩子。

寧靜美麗的神界之都，高高在上的天帝居處。

風吹開了垂落地面的白紗，陽光照射進原本就很明亮的房間。神界的帝王就站在那裡，鮮血已經浸透了他華麗的外衣。

直到緊貼著他的那具身體開始變冷，他才帶著微笑撩起那人黑色的長髮，然後張開手指，看著它們慢慢從指縫溜走。

妳放心，我不會忘了妳的，妳對我其實也不是毫無用處。

聲音很輕，除了他自己之外，再沒有任何人聽見。

【第十一章】

Lie and Love

在一片黑暗和寂靜中，有人在耳邊輕聲對她說：「我永遠會陪著妳的，永遠……」

她想睜開眼睛看看那個人，卻忽然像是被什麼從背後撞了一下，整個人往前跌倒。而她用盡全力睜開的眼睛裡，只看到一把劍，一把冰冷的劍，一把要刺穿她心臟的劍。

她猛地張開眼睛，在她眼前是一片雪白紗帳。透過輕薄的紗帳，清晨的陽光從敞開的穹頂投射進來，柔和地照在她的身上。

四周是那麼安靜，除了她自己略微急促的呼吸，再沒有任何的聲音。

沒有人，也沒有什麼冰冷長劍。

她舒了口氣，告訴自己當然不可能有那些東西，因為這裡是她的房間，是沒有她的允許，任何人都不能擅自闖入的地方。

只是這麼說來，她又做夢了嗎？那些不同世界的場景，凌亂混雜的夢境，毫無意義的破碎畫面，還有……那溫柔地說著「永遠」的聲音。她非常確定，這些都是從未曾發生過的，但為什麼最近，她會一直做著這樣離奇的夢？

更何況，她根本不應該做夢的。

「大人，您醒了嗎？」門外傳來侍女的聲音。

「進來吧。」她深吸口氣，努力平復煩躁的心情。

侍女捧著水壺從門外走了進來，朝她微微屈膝行禮，她撩開紗帳，從床鋪上坐了起來。

「幫我去……」她還沒說完，就被侍女的驚呼聲打斷了。

「大、大人！」侍女驚慌地說：「您的胸口在流血！」

她一愣之後低下頭，看到自己衣服和床上，不知什麼時候被鮮血浸濕了一大片。這時原本站在門外的侍女們聽到聲音都跑了進來，雖然她們向來訓練有素，但看到這種情景還是一個個嚇得臉色發白。

「還傻站著幹什麼？沒看到大人在流血嗎？」還是她的貼身女官薇拉反應最快：「快點去叫醫官過來！」

一片嘈雜慌亂中，醫官很快就被找來了。

「好了，妳們都出去吧，省得在這裡吵到大人。」薇拉把那些慌慌張張的女孩趕了出去，催促著醫官幫她止血。

「為什麼傷口還會出血呢？」等到女孩們都出去以後，薇拉一把拉住醫官：「你不是說已經痊癒了嗎？」

「這……我也不知道啊……」醫官一臉茫然：「大人的傷口明明癒合得很好，沒有理由會這樣的。這麼久了，為什麼還會裂開？」

「你問我？」薇拉瞪大眼睛：「你是醫官還是我是醫官啊？」

「好了，薇拉。」她阻止薇拉：「也許是我晚上睡覺的時候不注意壓到了，沒事的。」

醫官在薇拉的瞪視下幫她重新清洗和包紮，她低著頭，愣愣地看著自己胸口那鮮血淋漓的傷口。

她清楚地記得，這是在上一次的戰鬥中，自己被對手刺中的劍傷。那一劍刺穿了她的鎧甲，深深刺進了她的胸口。要不是她及時閃躲避開要害，再偏一點她可能就沒命了。當時她拚著最後一點力氣殺死對方，然後在床上足足躺了兩個月才恢復。但好像也就是從那時起，她就開始做一些奇奇怪怪的夢。

就算她沒有占卜或預知的能力，也知道這是種危險的預兆。

「大人，不如讓聖城派醫師過來看看。」薇拉擔心地看著她：「傷口一直不好，我總覺得……」

「不用了，不是什麼大不了的事情。」她淡淡地說：「這種小事不需要驚動聖城。」

聽她這麼說，薇拉只能不甘心地點點頭。

「大人，有從聖城來的使節要求見您。」門外的侍女稟告著。

「讓他等一下，說我很快就會去見他。」她示意醫官加快動作。

「怎麼一說到聖城，就有使節來了？」薇拉在一旁皺著眉頭說：「難道說天帝陛下知道您受了傷，特意派人來問候嗎？」

「我希望不是。」摸了摸包紮好的傷口，也許清晨體溫較低的關係，她感覺那裡有些發冷：「想看我笑話的人已經夠多了。」

薇拉嘆了口氣，似乎想說什麼，但最終還是沒說出口。

「好了。」薇拉俐落地幫她整理好衣服下襬，把她拉到鏡子前面：「我幫您梳頭吧。」

她抬起眼睛，猛然後退了幾步。

「大人，怎麼了？」一旁薇拉被她嚇得把梳子掉到了地上。

「不。」她看著鏡子，摸了一下自己的臉：「沒什麼。」

柔軟的白色面具遮住了她大半張臉，銀色飾物延伸到兩旁的髮際，然後消失在她毫無光澤的灰色長髮之中。

她不明白自己為什麼會被嚇到？她還以為早就習慣了這張面具。

「薇拉。」趁著薇拉幫自己梳理頭髮的時候，她問薇拉：「妳還記得我的臉嗎？」

「您的長相嗎？」薇拉的動作一頓：「為什麼您會突然問這個？」

「我好像……不太記得自己長什麼樣子了。」隱藏在面具背後那張完整的臉對她來說，已經成為遙遠模糊的記憶。

「這是風族最強之人的象徵，不知道有多少人把戴上這張面具當成他們的夢想呢。」薇拉捧起她長長的頭髮：「在整個神界之中，除了天帝大人，能和您相提並論的，也不過就是其他兩位聖王。」

「是嗎？」她動了動嘴角：「我還以為風族不過是依靠著天帝大人，才能成為三大神族之一。至於我這個聖王，也不過是為了湊數才能和他們兩個『相提並論』而已。」

「天帝大人這麼眷顧風族，自然會惹來一些非議。」想起那些詆毀風族的流言，薇拉有些難過：「不過說起來，要您永遠戴著面具，還真是一件很殘酷的事情呢。」

「薇拉，妳總是這麼有趣。」她笑了起來：「也只有妳，才會把這說成是殘酷的事情。」

「但我還是覺得，您付出的東西實在太多了。」

「想要得到一些東西，就必須付出另一些作為交換。就像我為了想得到蒼穹之王的位子，不得不戴上這張面具換取力量一樣。」她看著自己隱藏在冰冷面具之後的臉，慢慢地說：「也許，這就是所謂註定的命運。」

「大人這是怎麼了？」薇拉從鏡子裡詫異地望著她：「您最近有些奇怪呢。」

「我最近很奇怪嗎？」她只是做了一些奇怪的夢，然後就覺得什麼事情都不對勁了。

「其實說起來，大家都變得有點奇怪。可能最近一直沒有開戰，所以才會這樣的。」薇拉說到這個就很開心：「聽說有可能要和魔族停戰，說不定我們很快就能回到蒼穹城了。」

她並不認為持續了千年的戰爭這麼輕易就能結束，可是看到薇拉這麼高興，還是點了點頭附和。低頭的時候，她又下意識地捂住胸口，感覺手心很熱，但胸口卻……

「好冷。」

「您還是不舒服嗎？」薇拉聽到了她的自言自語，又一次緊張起來：「我馬上把醫官找來。」

「算了，先見過聖城來的人再說吧。」畢竟這個地方離凍土區域還很遠，也許她只是因為流了不少血，所以才會有寒冷的感覺：「雖然傲慢是一種特權，但也要看對象，不能連天帝大人的使節都不放在眼裡。」

「什麼？要去聖城？」薇拉大驚小怪地叫著。

「妳不是一直想去聖城嗎？」她把手上的邀請函丟給表情誇張的薇拉：「去整理東西吧。」

「婚慶典禮？」薇拉輕喊了一聲：「是天帝大人嗎？」

「是啊。」她解開領口上阻礙呼吸的釦子，隨口問問：「和一個什麼公主……對了，妳知道這個公主從哪裡來的嗎？我之前怎麼從來沒有聽人提起過？」

「啊？」薇拉完全沒在聽她說話，只是站在原地傻傻地看著她。

「對了，是叫什麼光明公主？」她脫下了累贅的外衣，拿了一件輕便的衣服套上：「沒想到還真有那種東西。」

「什麼『那種東西』？」薇拉終於被她的「出言不遜」嚇醒了：「您不要隨口亂說，如果傳到天帝陛下的耳裡就糟了！」

「居然要我們三個全部到場見證，看起來天帝大人真的想娶一隻精靈了。」她不以為然地搖了搖頭。

「大人。」薇拉無奈地看著她：「不能用『隻』來形容天帝大人的新娘。」

「薇拉。」她換好衣服回頭，看見薇拉還在死死地瞪著那幾行字，好像是在那張官方的信函上研究什麼深奧的問題：「妳到底在看什麼？」

「大人。」薇拉盯著她的眼睛：「天帝大人他……要娶那位公主了。」

「謝謝妳告訴我。」她想可能是因為在這個荒涼的地方待了太久，所以薇拉才會變得奇怪起來：「不過比起這件事，我更關心我的早餐在哪裡。」

「我這就去拿來。」薇拉終於放下邀請函，走到門口的時候突然又回頭說：「大人，我們很快就能回來的。」

「當然，難道妳還想留在聖城？」她看向面朝東方的窗戶，連綿的山脈遮擋了她的視線：「我們只是去觀禮而已。」

聖城，那是個非常遙遠地方。

聖城，整個神界的中心。

從藍天下看去，遠處恢宏美麗的白色城池散發著一種神聖純潔的味道。

一離開邊界，暮就覺得不太舒服，而且越是靠近聖城就越是難受。也許是以聖城為中心的抑制結界正在發揮作用，讓習慣了西方邊界的她一時不能適應。

抑制結界是為了防止在天域範圍內隨意使用法術而設置的，除了邊界的一些地區，幾乎整個神界都被籠罩在結界範圍之內。在這裡面，不要說攻擊性法術，就連最簡單的飛行法術也無法使用。

「這破鳥飛得好慢啊。」暮聽見身邊的薇拉已經在抱怨：「要是沒有抑制結界就可以直接過去了。」

也不怪薇拉會覺得難受，因為西方邊界和聖城的距離實在太過遙遠。風族使用的這種飛行獸速度已經算是很快了，但要抵達聖城還是要花將近二十天的時間。

暮也隔著車窗遠遠看著聖城，在腦海裡回想著上一次來這裡時的情景。好像是受命前往邊界的時候，那個時候距離現在已經有幾十年……還是幾百年了？

「還是這個樣子啊。」薇拉輕聲說：「用冰雪做出來的。」

「那不是冰，是白石。」話是這麼說，但暮的心裡倒是同意薇拉的說法。這座神聖之城看上去更像是用冰雪堆砌而成，看著看著，就讓人感覺四肢冰冷，渾身僵硬。

聖城很大，分為內外兩城，外城建造在地面上，那裡居住著普通的神族。內城才是真正的天神宮殿，它被建造在空中，代表著天帝神聖不可侵犯的地位。經過外城的時候，暮讓人遮去了所有醒目的標誌。她已經到得有些晚了，如果還招搖過市，恐怕會招來很多閒言碎語。

「暮大人，歡迎來到聖城。」在內城外迎接她的人是異瑟。內廷總管異瑟是天帝的心腹，暮和他並不熟，所以只是點了點頭。

「趕了這麼遠的路，您一定很辛苦吧。」異瑟在禮儀這一點上，永遠沒有可以被挑剔的地方：「天帝大人已經在等您了。」

「等我？」暮因為這句話愣了一下：「他現在就要見我嗎？」

「是的。」異瑟微笑著說：「天帝大人說過，暮大人一到，就請您過去見他。」

「好吧。」暮轉身吩咐薇拉他們：「你們去休息，我先去見天帝大人。」

「大人。」臨走前，薇拉扯了一下暮的衣袖，小聲地提醒她：「您說話記得要謹慎一點。」

走在圍繞內城而建的空中走道上，暮抬頭看了看。她眼中所看到的一切，都散發著能夠吞噬一切的刺眼潔白。

「暮大人，好久不見了，您最近過得好嗎？」

「就那樣吧。」她側過頭看著問話的異瑟：「異瑟大人，天帝大人單獨見我是為了什麼？」

「這我不太清楚。」異瑟輕輕地搖了搖頭：「不過多半是為了邊界的戰事情況。」

「喔。」暮點點頭，隨手脫下了披在身上的斗篷。

「暮大人。」異瑟突然停了下來。

「有什麼事嗎？」她跟著停下了腳步。

「關於這次婚禮……」

「我聽說了，為了那個神聖光明公主傳說。」暮扯了扯嘴角：「只要天帝大人高興就好。」

「是的，不過……」異瑟欲言又止，這對他來說十分罕見。

「你到底要說什麼？」暮迷惑於他臉上曖昧的表情：「請直說吧。」

「我只是希望，如果天帝大人向您提起這次的婚事，」異瑟看著她說：「您是否能加以贊同呢？」

「贊同？」暮覺得這個詞用在這件事上很詭異：「他決定娶誰，和我贊不贊同有什麼關係？」

「您這樣的態度……可能並不太恰當。」

「異瑟大人。」暮心裡不怎麼高興：「我的責任是守衛邊界，至於稱讚天帝大人這種事情，我相信包括你在內的很多人，都做得比我更好。」

「多謝暮大人誇獎。」異瑟被她這麼諷刺，也沒有多生氣：「是我失言了，您不要放在心上。」

暮搖了搖頭，表示並不介意。

兩個人穿過懸浮在空中的走廊，到了一處獨立的宮殿外。

「請進去吧。」異瑟在走廊裡停下，接過她手上的斗篷：「我會在這裡等您。」

她看著走廊盡頭緊閉的大門，隨意地點了點頭。

「暮大人。」就在她準備走過去之前，又一次被異瑟喊住。

她不解地看著異瑟，直到異瑟伸手從她的頭髮上拿下了一片樹葉。那是一片金黃色的扇形葉子，暮接了過來，捏著細長的葉莖轉了幾圈。她抬起頭看著異瑟，第一次注意到異瑟有著神族中少見的黑髮。

那種和蒼白背景有些格格不入的漆黑，在穿透走廊的陽光裡折射出美麗的光芒。一種沒有原因的衝動，暮伸手遮住了異瑟的眼睛，然後，她就這樣看著異瑟漆黑的頭髮，愣愣發呆。

「暮大人。」過了好一會，異瑟才開口提醒她：「天帝大人還在等您。」

「你……」暮移開手掌，帶著自己都不明白的悵然若失看著他。

「咳咳。」一聲輕輕的咳嗽打斷了他們，暮和異瑟同時轉過頭。

這個聖城中最至高無上的統治者正站在門邊，用一種奇怪的眼神看著他們兩個。

「天帝大人。」異瑟不著痕跡地推開暮還放在他臉上的手，十分恭敬地說：「我已經把暮大人請來了。」

「暮，妳跟我進來。」天帝只說了這麼一句，就轉身走了進去。

「很抱歉。」暮輕聲地對異瑟說。也不知為什麼，她總感覺自己好像做錯了什麼事情。

「沒什麼。」異瑟退了一步，恭敬地回答：「請您進去吧。」

【第十二章】

Lies and Love

暮走進了天帝的書房。

陽光從敞開的窗戶照射進來，空氣裡飄浮著淡淡的香味，也不知道是香料或是書的味道，聞起來讓人覺得很舒服。從地面堆到屋頂的書亂中有序地擺放著，天帝大人手裡拿著一本書，坐在他自己的椅子上。

「妳最近過得怎麼樣？」天帝的視線並沒有從書上離開，像是隨口問問。

「就那樣。」感覺這可能是最近流行的開場白，暮也很隨意地回答了他。

「妳為什麼不看著我說話？」

暮正猜測他下一句要問什麼，卻沒想到會聽到這樣奇怪的問題。她抬起頭，天帝銀色的長髮和雪白的衣服一瞬刺痛了她的眼睛。等眼睛適應了那種刺眼的銀色，她才看清了天帝的臉。

那種明明很溫和卻又缺乏溫度的表情，就和她記憶中一模一樣。

「妳的傷好點了嗎？」

「多謝大人關心，我已經好多了。」相比為什麼不看著他說話，暮覺得這個問題容易回答很多。

「妳能來參加我的婚禮，我很高興。」天帝說的話還是和以前一樣，充滿冷淡和疏遠。

別人都能看到天帝對她很不錯，但大概沒有人會相信，他們單獨見面的時候幾乎沒有話好說，頂多就是互相問好，然後回答一些簡單的問題，最後說再見這個流程。

「應該的。」這是對一個屬臣說的話嗎？什麼叫能來參加婚禮，他很高興？「前來恭賀您，是我的榮幸和責任。」

「責任……」天帝似乎被這個詞觸動了，念了幾遍之後才說：「妳對我的婚禮有意見嗎？」

暮沒想到他居然真的會問這個問題，一下子愣在那裡不知道該怎麼回答。天帝倒是誓不甘休的樣子，接著問：「妳會覺得我娶精靈公主的原因很無聊嗎？」

「不會。」說實話，暮覺得這個問題才是無聊透頂。試問整個神界，有誰敢公然違背他的意思？就算她真的覺得整件事情無聊可笑，但對方是掌握生殺大權的天帝，她又怎麼能像諷刺異瑟一樣嘲笑他呢？「您有您的考慮，這未嘗不是一件好事。」

「嗯。」天帝似乎對這個空泛的回答非常滿意，讚賞地點了點頭：「這樣才對。」

接著，他再次低頭看書，似乎不準備把談話繼續下去。暮正考慮著是不是該先行告退，剛要開口就發現他看了過來。

天帝的眼睛是綠色的，那種時常分不清是淺淡或深邃的綠色，看起來……很討人厭。暮察覺到自己這種奇怪的想法，趕緊低下頭，不敢再看他的眼睛。

「妳去休息吧。」

暮聽到他這麼說，忍不住大大地鬆了口氣，可是天帝接下去說的後一句話，又讓她大感意外。

「和我說話就讓妳這麼難受？」天帝大人的樣子像是認真，又像是在開玩笑：「所以妳從來沒有想過要主動回來，現在也巴不得早點離開這裡嗎？」

「我不太明白您的意思。」暮的頭皮有些發麻。

「沒什麼，妳下去吧。」

暮在面具下的眉頭緊緊皺起，她轉身走了出去，邊走還邊疑惑地想著，不知自己什麼時候得罪了這喜怒無常的天帝。

天帝在背後看著她一路漸漸遠去，綠色眼睛裡閃動著意味不明的光芒。

等暮走到門外看見異瑟，才想起自己完全忘記要對天帝行禮問候了。

在邊界待的時間太長，連最基本的禮儀都忘了，居然沒有半點表示尊重，怪不得天帝問她對自己是不是有什麼意見。怎麼一到聖城，她就覺得自己像傻瓜一樣，一點察言觀色的能力都沒有了？差點連天帝是個多麼小……多麼注重細節的人都忘得一乾二淨。

「異瑟大人。」在和異瑟一同離開的途中，暮還是忍不住問：「聖城最近是不是出了什麼事情？」

「暮大人為什麼這麼問？」異瑟聽到她這麼問，表情顯得很吃驚。

「因為天帝大人的心情似乎並不是太好。」暮看了他一眼：「也許是我想多了，整個聖城的氣氛，總感覺有些壓抑。」

「暮大人，這您有所不知。」異瑟說這句話的時候，神情裡透著令人猜疑的古怪：「為了這件婚事，天帝大人花費了太多精力，現在到了最關鍵的時候，大家自然會格外緊張。」

「緊張？」

「要說是戰戰兢兢也可以。」異瑟笑著，顯然不準備說更多。

「我真不知道天帝大人是怎麼想的，居然連自己都不放過。」暮不以為然地搖了搖頭：「到底要得到多少，他才會覺得滿意呢？」

「在這座城裡，恐怕再沒有第二個人會像暮大人您這樣，能夠滿不在乎地說出這種話，卻一點都不覺得驚慌。」異瑟不知是恭維還是在取笑她：「不過，您最好還是不要在天帝大人面前提起這些，否則就算再怎麼看重您，天帝大人恐怕也是會被觸怒的。」

「怎麼了？難道我說的不是事實嗎？」暮一揚眉毛：「據我所知，其他兩位聖王似乎都不贊成這件婚事，那個光明公主傳說一聽就像是杜撰的謠言，我不明白天帝大人為什麼要一意孤行？」

「也許是因為太過執著於經過，結果卻又……和最初的想法離得太遠了。」

「你說什麼？」異瑟的聲音很輕，加上高處的風又猛烈，暮沒有聽清楚他在說什麼。

「不，我什麼都沒有說。」異瑟輕輕一笑：「暮大人，希望留在聖城的這段時間，您能過得愉快。」

暮瞥了他一眼，心裡對這個陰陽怪氣的內廷總管有種說不出的厭惡。

「薇拉，不是很奇怪嗎？」

「我說大人，妳怎麼總是奇怪奇怪的，到底是哪裡奇怪啊？」薇拉長長地嘆了口氣。

「這個聖城啊。」她站立在完全敞開的窗臺上，看著腳下似乎沒有邊際的城市：「這麼安靜，真是奇怪。」

「是錯覺吧。」薇拉笑了出來：「因為邊界太吵鬧，所以大人才會不習慣安寧祥和的聖城。」

「不知道為什麼，來到這裡之後，我總是心神不寧。」她低頭看著自己在風裡層疊搖曳的裙襬，喃喃地說：「我總覺得，有什麼事就要發生了。」

薇拉的笑聲停頓下來，轉而用一種擔憂的語氣問：「那您覺得會發生什麼事呢？」

「我不知道。」暮閉起眼睛，感覺和風吹過臉頰：「也許就像妳說的那樣，只是因為不習慣這麼安靜的地方，所以才會渾身不對勁。」

「如果是這樣就好了。」薇拉呼了口氣：「這裡可是聖城，哪有可能會出什麼事啊。」

「薇拉。」她朝薇拉看了過去：「妳最近怎麼好像……」

「薇拉女官，您是在大人的房間嗎？」就在這個時候，門外忽然傳來了侍女的聲音：「異瑟大人讓您過去一趟，說要通知您慶典日程的安排。」

「啊，我這就來！」薇拉急急忙忙往外跑去，跑到門口時才想起來問道：「大人，您剛剛說了什麼？」

「沒什麼，妳快去吧。」暮揮了揮手。

「好，我去了。」可是薇拉才走了兩步，又折返回來：「對了大人，您最好還是不要外出，您知道這裡不比蒼穹城，到處都是……」

「薇拉。」她不耐煩地打斷了囉囉嗦嗦的薇拉：「難道妳也把我看成驕橫無禮、不知進退的狂妄之徒了嗎？」

「怎麼會呢！」薇拉看出她是真的生氣，急忙惶恐地跪在地上：「薇拉知錯，還請大人不要責怪。」

「算了，妳去吧。」暮頭也不回地說：「自己小心一點，那個異瑟有點古古怪怪的。」

「是。」薇拉退到門邊才想起行禮，之後又急急忙忙地關上門離開。

薇拉的確很奇怪，她一直以來都是不慌不忙的，可是最近好像焦躁了許多。

「到底是怎麼了?」暮自言自語地說著:「是哪裡不對勁?」

天空一片蔚藍,讓這座飄浮在空中的白色城池看起來越發美侖美奐。她用手遮擋住刺眼的陽光,遠遠看著在另一邊的房間。

她記得之前,天帝就在那裡接見自己,還對她說了很多令人費解的話。依照天帝那種性格,他絕對不可能做多餘的事情,所以那些話一定別有用意。但到現在為止,她依舊想不明白,那個時候天帝要向她傳達什麼?看著看著,她似乎能站在這遙遠的地方,聞到那種淡淡的香味。

也不知道看了多久,她才意識到自己居然在發呆,她忍不住低下頭笑了一聲。這時有一片雲霧從她腳下經過,她伸出一隻腳,踏在毫無依靠的半空之中,無聊地想著,在這無法使用法術的地方,自己要是跨出這一步,也不知道會是什麼結果。

「妳想要跳下去嗎?」突然有個聲音在她身後冒了出來。

有人無聲無息地靠近,她卻沒有發現。暮大吃一驚,在驚慌中失去重心,整個人往窗外摔了出去。就在她睜大眼睛看著下面,想著「完了」的時候,一隻有力的手從身後勾住了她的腰,一下子把她拖了回去。

她一連退了好幾步,才用力喘了口氣。

「現在知道怕了?」那個人的手放開了,不過仍然站在她的身後。

暮詫異地回頭，被那張近在咫尺的臉又嚇了一嚇。害她差點摔死又在緊要關頭把她拉住的，赫然就是剛剛還在她腦子裡徘徊、那位尊貴非凡的天帝大人。

「天帝大人？」她後退了一些，愕然地問：「您怎麼會在這裡？」

「妳知道掉下去是什麼下場嗎？」天帝的臉色好像有點難看。

「應該會死吧。」她探出窗戶往下看了看：「這裡很高。」

「知道會死，妳還站在這種危險的地方？」天帝繃緊了臉，冷冷地哼了一聲：「妳以為自己有翅膀能從這裡飛走嗎？」

明明是因為他在背後忽然出聲，自己才差點摔下去的，不過暮也沒有笨到把這一點指出來。天帝大人的情緒看起來不太好，如果這時候反駁他，後果就難說了。

「我知道我不會有事的。」於是她說了一些好聽的話：「您就在我身邊，又怎麼會眼睜睜看著我粉身碎骨呢？」

沒想到，這句話卻是讓天帝大人的臉色更加陰沉幾分。暮不禁再次懷疑，自己到底是怎麼得罪了這位大人物的？不然為什麼每次說不到三句話，印象中喜怒不形於色的這位大人，就會擺出這種陰沉的臉色來嚇唬自己。

「暮，」天帝用一種冰冷的目光盯著她：「妳就這麼信任別人？」

暮微微地皺眉，覺得他真是難以應付。

「怎麼了？難道您希望我不信任您？」她說這句話的時候，刻意用了誇張的語調表示不滿：「我還以為相互信任是最基本的。」

「我需要的只是妳的忠誠，而不是其他東西。」

「不是都一樣嗎？」她微仰起頭，這一刻幾乎完全忘記在面前的，是自己本該俯首貼耳、順從於他的統治者：「不是基於信任，怎麼會有忠誠？」

「真是一點都沒變。」

「您說什麼沒變？」暮不明白他的意思。

「一直以來都是這樣。」也不知算不算微笑，不過天帝的表情總算柔和了下來：「不論經過多久，對於認定的事物都固執到不可理喻的地步。」

「我雖然固執了一點，但還不至於到不可理喻的程度吧。」她面具下的眉頭越皺越緊：「不過話說回來，大人您來找我，就是為了指責我不可理喻嗎？」

「我只是來確認一下，妳是否對這裡感到滿意罷了。」天帝被她這樣頂撞居然沒有生氣，只是看著她頓了一頓，又說：「別總是皺著眉頭，很難看。」

暮直覺地往自己眉心摸去，手指卻被阻隔在面具之外。

「不用否認了。」天帝似乎知道她在疑惑什麼，接著說了一句：「我猜的。」

她的嘴唇動了動，差點把「莫名其妙」這四個字說了出來，但最後還是強行忍住了。

她怕自己一個不小心，說出一些不能挽回的話，那可就糟糕了。

「看來我並不受歡迎，還是盡早離開吧。」

反正什麼話都是他說的，別人只有聽命的分。馬虎地行禮告辭之後，暮親自把大人物恭送到門口，甚至還說了幾句向來厭惡的場面話。

「還真是難伺候。」用力地關上門之後，她終於忍不住低聲抱怨：「真不知道我來這裡做什麼。」

「當然是來見證我的婚慶典禮。」彷彿耳朵還留在屋裡沒帶走，天帝的聲音從門外傳了進來：「我要讓每一個人都知道，我終於娶到她了。」

暮渾身僵直，感覺每一根汗毛都豎了起來。過了很久之後，她才敢提出疑問：「究竟是怎麼回事？這到底是在發什麼瘋？」

當然，這個問題她是無法回答的。

「大人！」薇拉慌慌張張地跑進來：「聽說天帝大人來過，您沒事吧？」

「為什麼他來過我會有事？」她瞇起眼睛盯著薇拉，第一次對這些怪異情況產生了懷疑：「妳又為什麼要這麼問？」

「聽說天帝大人來的時候一臉不高興的樣子，所以我才很擔心。」薇拉用力拍著自己的胸口：「我最怕您無意間得罪了天帝大人，那樣的話就糟了！」

「真的是這樣嗎？」

「當然了。」薇拉因為她銳利的目光而不安起來：「大人不信任我嗎？」

「薇拉，妳是不是對我隱瞞了什麼？」暮仔細地看著她：「為什麼妳好像比我更能抓住問題的關鍵？」

「大人，沒有啊。」薇拉趕緊搖著頭：「都是異瑟大人，他一直到最後才和我說，天帝大人一臉不高興地過來找您了，還笑得很奇怪，就好像覺得會出什麼事情一樣，我才急著跑回來的。」

「如果真的是這樣，那就好了。」暮勾起嘴角：「妳知道，我不會輕易原諒欺騙我的人。」

「是的，我很明白。」薇拉的臉色有些發白。

暮的本意倒也不是真的懷疑薇拉，只是剛才那個莫名其妙的天帝大人讓她神經過於緊張，所以才會變得疑神疑鬼。

「我沒什麼事。」為了緩和氣氛，她放軟聲調：「他就是說了一些客套話，然後就走了。」

「真是奇怪……」薇拉咬著嘴唇，一臉困惑的樣子。

「誰說不是呢？恐怕沒人知道他都在想些什麼。」暮揉了揉額角：「還是別管這些了，倒是異瑟對妳說了什麼？」

「他說這兩天會舉辦一場宴會，為了正式宣布婚禮的安排。烈焰之王和浩瀚之王都會到場，希望您也參加。」

「要我和他們見面嗎？」她坐在椅子上，用手輕輕地敲了一下扶手：「到現在為止，總算有點意思了。」

「但是……」生怕又惹她生氣，薇拉吞吞吐吐地說：「那個烈焰之王他……」

「沒什麼好擔心的。」暮站了起來，抬頭看著純淨美麗的天空：「埃斯蘭雖然一向喜歡把對我的不滿表現在臉上，但他可不是傻瓜，不可能在這個地方有什麼動作。至於雅希漠……」

「浩瀚之王？」薇拉好奇地問：「您和他熟嗎？那是什麼時候的事？」

「三眾聖王不能靠得太近，就算不至於是仇敵，至少也要相互提防。」暮冷冷地笑著：「這種情況下，怎麼有機會彼此熟悉？雅希漠和埃斯蘭也許相互認識，但我和他們之中的任何一個都沒有見過面。」

「那是為什麼？難道不是因為大家離得太遠的關係？」

「薇拉，我今天才發現妳只是看起來聰明。」暮無奈地搖了搖頭：「我們的天帝大人是如此睿智而謹慎，又怎麼會給別人自己當初得到的機會呢？」

「啊，」薇拉終於有些明白了：「是要三眾聖王相互牽制嗎？」

「就是這麼簡單。」暮看著遠處的那間屋子，甚至有些敬佩地說：「雖然大家都清楚這一點，但也只能絞盡腦汁相互牽制，生怕一不小心就變成眾人的目標。這也是天帝大人最高明的地方，他總是善於利用能夠利用的一切，來達成自己的目的。」

「好像很複雜。」薇拉嘆了口氣。

「不過我聽說，天帝大人最近在逐步削減雅希漠的權力。如果這消息是真的，那事情就會變得很有趣了。」暮打了個呵欠，懶洋洋地說：「猜測那個神通廣大的浩瀚之王，會怎麼應付這個棘手的問題，也許是目前我在聖城唯一能找到的樂趣了。」

「大人。」

「什麼？」暮回過頭，看見薇拉表情怪異：「怎麼了？妳那是什麼表情？」

「我真是想不通，您平時明明對什麼都不太關心，就連對族裡的事情也是一樣。」薇拉的臉上混雜了不安和疑惑：「可為什麼有的時候，您面對複雜的情況卻能比任何人都看得透徹呢？」

「我再怎麼心不在焉，但身為蒼穹之王，就必須背負整個風族的責任。我只是因為信任修季爾，才懶得過問那些瑣事。有他在蒼穹城坐鎮，我一直都很放心。」暮隨手整理了一下頭髮，決定從這一刻振作起來：「再說，妳整天誇獎天帝大人多麼多麼英明，難道都是假的？他挑選我來當雅希漠和埃斯蘭的對手，可不是因為看中我的懶散。」

「但現在您被指派駐守邊界。」薇拉跟著她走到桌邊：「不會有些大材小用了？」

「我倒不那麼認為。不過，妳這麼說是什麼意思？」暮一邊翻看送來的書函，一邊隨口問：「是要鼓勵我篡位嗎？」

「大人！」薇拉立刻嚇得臉色刷白：「這種話不可以亂說！」

「薇拉，妳看妳還說我，妳不也是一樣？」暮好笑地瞥了她一眼：「明明比誰家的女官都要放肆，有時候卻出奇膽小。」

「那不一樣，這種事怎麼能拿來開玩笑？」

「什麼事？篡位嗎？」看到薇拉一臉天要塌了的誇張表情，暮忍不住笑了出來：「妳放心吧，我對那張冷冰冰的椅子一點興趣也沒有。」

「大人，我遲早會被妳嚇出病來。」薇拉哭笑不得：「還說什麼『冷冰冰的椅子』……」

「不過我總是覺得自己很奇怪，明明當初是為了野心才拚命往上爬。可是到了現在，又覺得所有的事都很麻煩，身分甚至成為一種沉重的負擔。」她放下手裡的信函，有些遲疑地問：「薇拉，難道說野心這種東西，也會在某一天突然消失嗎？」

「是因為喜歡追求的過程，而不在乎結果吧。」薇拉用手摸著自己的下巴，裝出一副智者的模樣：「所以達到目的之後，反而覺得沒什麼意思了。」

「是這樣嗎？」暮不覺得有趣，她目光迷離地嘆息：「怎麼聽起來，就好像被什麼惡毒的詛咒附身了呢……」

【第十三章】

Lies and Love

「暮大人，您來了？」

「異瑟大人，你為什麼這麼驚訝？」她挑了挑眉毛：「是因為我遲到太久了嗎？」

「我猜想您未必願意出席，所以現在看到您，一時過於激動而失態了，請您千萬不要介意。」

「你還真是會說話。」暮今晚心情不錯，對異瑟笑了笑：「也許就是因為這樣，薇拉才會對你念念不忘。」

薇拉不停嘮叨著要她提防異瑟，那也算是念念不忘的一種吧。

異瑟聽了果然十分傻眼，半天沒能反應過來，暮拍拍他的肩膀，一個人沿著走廊走了過去。

雖然她和埃斯蘭、雅希漠他們合稱「三眾聖王」，可相互之間絲毫沒有「眾」那種要聚合起來的意識。

這是某人刻意造成的局面，就好像今天宴會的座次一樣。他們離得不遠，卻又被完全分隔開來，連用來阻礙視線的簾幕也經過了精心的安排。

「暮大人。」穿著白色長裙的女官見到她，連忙朝她行禮。

暮點點頭走到自己的座位前面，卻又不急著坐下，反而朝下方的廣場看去。

「下面在做什麼？」原來她沒有聽錯，聲音的確是從下方的廣場傳上來的：「為什麼會有魔獸？」

「這是埃斯蘭大人的要求。」

「這麼有新意的節目，也只有烈焰之王才會覺得有趣。」她絲毫沒有壓低聲音，目光隨之看向自己右手邊掛著埃斯蘭徽記的觀賞平臺。

「風神，別以為天帝護著妳，妳就能不把我放在眼裡了。」一個壓抑著怒火的聲音從那裡傳了過來。

「我怎麼敢看不起烈焰之王？」一聽到埃斯蘭威脅意味十足的聲音，暮的心情就變得更好了：「您可千萬不要誤會，我絲毫沒有不尊重您的意思。」

「哼，我可消受不了妳的尊重。」埃斯蘭有心挑釁卻又不願被說成無理取鬧，只能悻悻然作罷。

下方傳來淒厲的號叫聲，雖然經過特意辟出的結界，聲音變得遙遠微弱，但聽上去還是令人不太舒服。

她對這種無聊的暴力一點也不感興趣，於是吩咐身邊的女官：「我去旁邊走走，等結束了叫我。」

「這……」女官一臉為難。

「怎麼了？誰規定一定要看嗎？」她轉身走到平臺入口：「我就在附近，不會走遠的。」

「大人，就要結束了，我看……」

暮什麼都沒說，只是看了一眼那個女官，就止住了她的勸說。

暮走出平臺，正準備找個安靜的地方待一陣子，但還沒等她離開環繞廣場的走道，四處就響起了尖叫嘈雜的聲音。她順著附近侍女們指點的方向看過去，發現有一個纖細的身影掛在了左手邊平臺的下面。

那個人穿著水族侍女的衣物，看起來像是從平臺上摔下去的。

平臺下方就是魔獸互相撕咬的廣場，張開的結界也只能阻止內部力量釋放，掉下去就等於直接掉到了眾多魔獸中間。雖然那個侍女抓住了裝飾用的雕像懸掛在半空，不過雕像表面平滑，幾乎沒有可以施力的地方。眾人聚集在平臺邊緣眼看著她慢慢下滑，可因為平臺幾乎是懸空的，一時根本沒辦法施以援手。

暮沿著走道朝那個方向跑去，順手把沿途扯下的簾幕綁在一起。

「那邊的人，」她一直跑到最接近平臺的地方，然後大喊了一聲：「接著！」

她把捲成繩子的簾幕一端拋了過去，那群人中有一個人反應迅速地接住了。把另一頭在手臂上纏了幾圈之後，她毫不猶豫地往下一跳。

暮借著繩子回盪的力量，一把拉住了那個侍女的手。這位雖然嚇得不輕，幸好依然能夠保持清醒，暮一拉住她，她就順勢抓住了繩子。

「上去。」暮把腳踏在雕像上，用手托住她往上爬。

平臺上的人也開始把繩子往上拉，那個侍女很快被拉了上去。

「把手給我。」站在最前端拉著繩子的人朝暮伸出手。

暮和那個人的目光在半空相遇，她看到那人漂亮的深藍色眼睛，宛如浩瀚海洋。就在暮正要把手遞過去的時候，繩子忽然應聲斷裂。

到聖城來，真是個糟糕透頂的決定。

暮還沒來得及抱怨，一道白色的光從天而降籠罩在她四周，好像被什麼軟綿的東西阻攔在半空，她沒有再繼續往下跌落。

「真是湊巧。」暮轉過頭，笑著和身邊的人打招呼：「您到的時間剛剛好。」

「天帝大人！」異瑟不知從哪裡冒了出來，在他們頭頂喊著：「異瑟失職，讓暮大人涉險，還請您原諒！」

在聖城之中唯一能夠使用法術的，當然只有天帝。

「怎麼一刻不看著妳，妳就會出一些奇怪的狀況？」神界之王飄浮在半空中，從他身上散發出的耀眼光芒，讓周圍的一切都黯然失色。

暮雖然知道他是在對自己說話，但總感覺聽起來不太順耳。什麼叫「不看著妳，妳就會出奇怪的狀況」?聽起來她堂堂的蒼穹之王，竟被當成頑劣淘氣的孩子一般教訓。

「天帝大人。」她收起笑臉，從跪坐慢慢站了起來：「如果我有哪裡讓您覺得不滿，您大可以直說。要是因為聽不懂您話中的明示暗示而誤會了您的意思，那就是我的過錯了。」

在場幾乎所有的人都倒抽了一口冷氣。

就算貴為三眾聖王，敢對天帝這樣無禮，這蒼穹之王也實在太大膽了。

天帝大人的臉色終於有了變化，但絕對不是能夠令氣氛緩和的變化。也不見他有什麼動作，只像是有一陣風吹過，他銀色的長髮微微一動，眾人腳下困著魔獸的結界，就像被一股巨大的力量扭曲擠壓，瞬間變成看不見的粉末，徹底在所有人的視線中消失。整個廣場變得乾乾淨淨，裡面什麼東西都沒有了。

被這絕對的強大力量折服，沒有人說得出話來。就連暮也挑了挑眉，希望他不是暗示要用這一招來對付自己。

「跟我來。」天帝帶著她一起升到了另一邊的平臺，留下這一句話之後，就轉身離開了。

「暮大人。」巽瑟看她待在那裡不動，一副不知不覺的樣子，只能開口提醒她：「天帝大人叫您跟著過去。」

「我？」暮指了指自己：「他不是喊你嗎？」

「您真愛說笑。」異瑟扳著臉，一點開玩笑的樣子也沒有。

暮理了理凌亂的頭髮，心裡一百個不願意，偏偏又非去不可。最後她只能在心裡哀嘆一聲，然後一邊慢慢移動步伐，一邊想怎麼應付可能會發生的情況。

「暮大人！」

暮回過頭，看到身後那個臉色蒼白的水族侍女。

「謝謝您救了我的命。」對方由衷地向她道謝。

她隨意點點頭，倒是想起了自己心裡的另一個疑問，為什麼這個水族的侍女會是……

「暮大人。」在旁邊瞪著她的異瑟一臉不耐煩地催促：「您最好快一點，您不是真的想惹天帝大人動怒吧。」

「什麼真的假的……」暮小聲嘀咕：「你以為我願意啊。」

也許她剛才說的那句話的確不太合適，但她當時非常極端地想證實一個怪異的看法：那個看上去像雕像一般的天帝大人，是不是只有在生氣的時候，才會有一絲活著的氣味。

「妳這是在做什麼？」天帝大人神情冰冷：「一個侍女值得妳冒這麼大的危險嗎？」

「我也沒想太多，只是設想如果我在那種情況之下，會希望有人過來救我。」暮攤了攤手：「我差點成功了，只是運氣不太好。」

「妳知不知道妳這麼做有多愚蠢？」

「我知道。」她很認真地反省了：「下次我會找結實一點的布料，這種薄紗的確不太牢靠。」

「妳……」

「天帝大人說完了嗎？說完的話請容許我告退。」她盡可能用平和的語氣要求。

「妳的手怎麼了？」天帝銳利的目光盯住了她放在背後的左手。

「不小心劃傷了。」她一點也不在意地說：「包紮一下就可以了。」

「把手給我。」

「不用了，只是小傷。」可能是被雕像的銳角劃破了。

「我說把手給我。」天帝對她伸出自己的手。

她把手遞了過去，但在碰到對方的手之後又飛快地縮了回來。

「蠢貨。」天帝大人很輕柔地這麼說了。

就算對這個稱呼不滿意，但形勢逼人，暮只能把不滿吞到肚子裡面。

「不看著妳就會出事。」天帝大人收回手，似乎不再堅持要看她手上的傷口：「妳什麼時候才能安分一點呢？」

暮這時忽然笑了出來。

「妳笑什麼？」

「原諒我的冒犯。」她一邊悶笑，一邊說得斷斷續續：「但是您……您剛才說的那些，就和薇拉罵……多多的時候……一模一樣……」

「妳說什麼？」

「多多是薇拉的寵物。」她說完之後，忍不住捂住嘴笑了起來。

「很好笑嗎？」天帝大人好像不能領會其中的幽默。

她已經說不出話，只能拚命點頭。

「妳回去吧。」天帝大人忽然轉過身去。

「告退。」她好不容易把繁複的禮節簡化成兩個字，然後低著頭退了出去。

在門外等候的異瑟看到暮低著頭、捂著嘴，腳步不停地從自己面前走過，從背後只能看她肩膀可疑地抖動著。異瑟還沒來得及再仔細看清楚，就聽到天帝在裡面喊自己的名字，只能滿心疑惑地走了進去。

天帝大人正低頭看著腳下晶瑩的白石，就好像那上面忽然開出了一朵花一樣，異瑟也不敢打擾他，只是默默地站在稍遠的地方等待。

「異瑟。」他過了好一會才抬起頭，吩咐異瑟：「找人清理一下。」

等到天帝離開，異瑟才走到天帝剛才站著的地方。他驚訝地發現，地上真的有一朵花。瑩白地面上滴落的鮮紅血液，形狀就像是一朵在冰雪中盛開的豔麗紅花。

暮放慢腳步，一路沉思著回到了聚會的廣場。

相比之前的熱鬧，氣氛沉靜得有些壓抑。不止是雅希漠那邊沒有什麼聲音，就連埃斯蘭都出奇地安靜。她慢慢地走到自己的椅子上坐下，準備等別人先打破沉默。

「剛才妳的表現可真是英勇啊，暮大人。」第一個沉不住氣的，當然是性格激進的烈焰之王。

「多謝您的誇獎。」她接過侍女遞上的杯子，淺淺地抿了一口。

「暮大人做什麼事都搶在別人前面。」埃斯蘭話中帶刺地嘲笑她：「看來天帝大人把妳調往西方邊界，也不能說是毫無原因。」

「您說得對，這事情總要有人去做的。」暮毫不示弱地反駁：「就像天帝大人厭煩了這麼多年沒有半點進展的戰事，我才不得不離開蒼穹城，到荒涼偏僻的地方接下爛攤子一樣。」

在場的每一個人都知道，在她之前駐守西方邊界的就是埃斯蘭，她把話說得這麼直白，就是公開向埃斯蘭挑釁。看來烈焰之王和蒼穹之王不和的消息，從這一刻開始，很快就會傳遍整個神界。

「暮，有些話最好考慮清楚再說。」埃斯蘭並沒有暴跳如雷，但言語中透露出的殺氣卻足以讓人不寒而慄：「妳不過是一個狂妄無知的後輩，居然敢對我這麼說話？」

「多謝您的提醒，我會好好注意的。」暮悠閒地笑了幾聲，順勢讓局面發展成一觸即發的情勢。

「好了兩位，你們這樣爭執下去也沒什麼意義。」一直袖手旁觀的浩瀚之王終於出來打圓場：「這裡既不是蒼穹城也不是烈焰城，大家是為了參加天帝大人的婚禮而來。兩位都是神界的支柱，還是應該和睦相處。」

「雅希漠大人，您不用擔心，我和埃斯蘭大人只是看場面沉悶，開開玩笑活躍一下氣氛。」暮當然明白見好就收的道理，於是順著雅希漠的話說了下去：「您說對不對，埃斯蘭大人？」

埃斯蘭「哼」了一聲算是回答。

「既然娛樂時間結束，我想我們應該進入今天聚會的正題。」暮朝下方的廣場看去：「異瑟大人想必早就已經等得不耐煩了。」

異瑟說了幾句場面話之後，就開始在廣場中央宣讀婚禮的過程，以及一些必須注意的事項。

那些冗長繁瑣的內容，讓人聽得昏昏欲睡。暮不過聽了開頭一小段，就已經打了好幾個呵欠。等異瑟讀到正題部分，她已經吩咐女官放下四周的簾帷，接著把她們趕去平臺外面，自己靠在柔軟舒適的椅子裡睡著了。

就和往常一樣，暮睡得並不安穩，然後又開始做夢。

她夢見自己在昏暗的光線裡，正沿著石階一級一級地往上走。這些灰色的階梯在她眼底延伸，好像永遠都到不了盡頭。一邊是高聳的牆壁，另一邊是看不到底的黑暗，夢裡的她沒有第二個選擇，只能沿著石階往上。不知道往上走了多久，她的面前忽然出現了一道拱門，門緊緊地關著，但卻從縫隙裡透出了明亮的光。

她感覺鬆了口氣，加快腳步走到了那扇門前，可當她試圖推開那扇門的時候，卻猛地被一股力量往後彈開。她頓時如同一個不能控制自己身體的傀儡，往身後無盡的黑暗跌落。

被黑暗吞噬的那一刻，她有種暈眩的感覺，就像她清楚知道這是做夢一樣，她清楚地感覺到了那種眩暈。

「她怎麼了？」一個有點熟又不是很熟的聲音在說：「看上去不太對勁。」

「你別忘了，我們幾乎是同時進來的。」另一個人的聲音更加耳熟一點：「我又怎麼會知道她在做什麼？」

暮張開眼睛，一臉茫然地尋找著聲音的來源。

在她模糊的視線裡有兩個高䠷的影子，一個靠在遠一些的柱子上，一個站在離她近一點的地方。靠在柱子上的那人穿著黑色的衣服，寬闊的腰帶一直垂落到地上，上面的圖案像是一片正在燃燒的紅色火焰。近處這個從頭髮眼睛，到他身上所穿的衣服都是深藍色，和他過分白皙的膚色對比鮮明，偏偏又有種奇異的協調感。

「你們……」暮看著這兩個沒見過的陌生人，腦袋一時間有些轉不過來。

「暮大人，妳沒事吧？」有著深藍色頭髮和眼睛的男人靠近一步，有些擔心地俯看著她：「是不是哪裡不舒服？」

俯看？暮閉起眼睛揉了揉額頭，心裡有種不太好的預感。

黑衣服的那個接著就說：「我看她是摔下來的時候撞到頭了，所以才一臉痴呆。」

「雅希漠大人，埃斯蘭大人。」雖然這種場面令人尷尬，但她也只能硬著頭皮問：「怎麼一眨眼，兩位都跑到我這裡來了？」

「異瑟大人的確說了很長的時間，這也沒什麼……」靠她比較近的雅希漠說到這裡，捂住嘴咳了一聲：「我們本來都準備離開了，但妳這裡一直沒有動靜，剛才又忽然有響聲傳出來。我和埃斯蘭大人不太放心，所以一起過來看看。」

「不放心的是他，我只是跟過來看熱鬧。」埃斯蘭怎麼會放過嘲笑她的機會：「結果看到某人非但在嚴肅的場合打瞌睡，還姿勢不雅地從椅子上摔到地上。」

「多謝兩位大人關心。」從夢中延續下來的暈眩似乎還沒徹底消失，暮沒什麼力氣和他爭辯：「我沒什麼事，只是不小心睡得太熟了。」

她一邊說一邊想要站起來，卻一不留神壓到了手上的傷口。她從牙縫裡倒抽一口涼氣，重新往地上倒去。

「妳果然受傷了。」一直在注意著她的雅希漠及時扶住了她的肩膀：「是剛才救人的時候弄傷的吧？」

「也沒什麼。」暮向來不習慣和別人靠得太近，伸手想要把雅希漠推開，卻被他握住了手腕。

鮮血正從包裹傷口的白布慢慢滲透出來，可以看得出傷口很深。雅希漠皺著眉問：「天帝大人他為什麼沒有……」

「這種小事，怎麼能麻煩他呢。」暮知道雅希漠是想問，天帝為什麼沒有用法術幫她治療傷口：「比起這種小傷……」

比起這種小傷，那時候好像要窒息一樣的痛苦，才是她說一些莫名其妙的話、急著逃走的真正原因。就在她把手放到天帝的手心，碰觸到冰冷皮膚的一瞬。

「在聖城的結界之內，受傷會令身體有很大的負擔。」雅希漠把她扶到椅子上：「就算不去找天帝大人，也要找醫官過來看看。」

「原來是這樣啊。」暮笑了出來：「不用麻煩了，這點傷很快就會好的。」

「讓我看看。」不知什麼時候，埃斯蘭已經走到了他們身邊，並拉起暮受傷的那隻手：

「看上去還好。」

暮的臉色霎時變得慘白。

「不過，或許真的挺嚴重的。」埃斯蘭近乎黑色的暗紅眼眸之中，閃過了一絲惡劣的光芒：「希望不會有什麼令人遺憾的狀況出現。」

「埃斯蘭。」雅希漠一把抓住了他的手腕：「你知道什麼是適可而止吧。」

他和埃斯蘭好像在暗中較勁，過了好一會，埃斯蘭抓著暮的那隻手才慢慢放鬆力氣。

「我說你們兩個，完全不像第一次見面啊。」埃斯蘭放了手，但懷疑的目光還是在他們身上打轉。

「剛才我們的確是見過了。」雅希漠對暮歉然一笑：「真是抱歉，我沒有來得及抓住妳的手。」

「沒什麼。」他的話讓暮又陷入了對那個夢境的回憶：「不是你一個人……」

有很多人，他們站立在黑暗之中看著她往下墜落，卻沒有一個人伸出手。暮滿眼都是晃動的影子，一陣陣撕裂的疼痛在她胸口蔓延。她一手按住心口，另一隻手拉住了離自己最近的那一個人。

「暮大人，妳沒事吧？」雅希漠有些慌張地扶住了她歪倒的身體。

「原來我們英勇的蒼穹之王，也不過是個普通的柔弱女性。」埃斯蘭皺著眉，厭惡地瞪了一眼：「一點小傷也這麼驚天動地的。」

「埃斯蘭，現在不是說這種話的時候。」雅希漠把暮橫抱起來，放到了椅子上：「暮的傷好像不簡單，我還是親自去請天帝大人過來看看，你在這裡陪著她。」

「我為什麼要做這種事？」埃斯蘭很不滿他這種語調。

「她抓你抓得這麼緊，強行拉開會讓她受傷，而我勸你最好不要那麼做。」雅希漠背對著埃斯蘭停了下來，用一種接近警告的語氣對他說：「一旦破壞了現在的局面，對我們大家都沒有好處。」

「你現在自身難保，居然還擺出教訓我的姿態？」埃斯蘭目光一沉，眼看就要發作。

「那我們不妨猜一猜，接下來自身難保的會是誰呢？」雅希漠留下了這一句，頭也不回地走了出去。

【第十四章】

Lies and Love

埃斯蘭臉色鐵青，感覺被抓握的力道更重，他直覺用力一甩。

「不……」那個神智不清的傢伙反倒抓得更緊，嘴裡還含含糊糊地碎念著什麼。不過，看起來她的狀況真的不太好，明明是抓著自己的這隻手受了傷，但捂著的胸口也開始流血，很快就染紅了她半邊的衣物。

「還給我？」埃斯蘭疑惑地皺著眉，不明白她為什麼要不斷地、反反覆覆地說著這三個字。

各神族族長繼位的首要條件，就是擁有在本族中無人可以戰勝的力量。撇開其他不說，單單眼前這個看似軟弱無力的傢伙，居然能夠成為神界三大神族中風族的族長，就是一件足以令人感到意外的事情。

況且不知是什麼原因，成為蒼穹之王多年以後，這個向來行事神祕的「暮」，最近這段時間才開始活躍在神族的視線之中。而在這之前，甚至連現任的風神是女性這件事，整個神界恐怕都沒幾個人知道。

天帝對她明顯的袒護和看重讓人生疑，雖說不能排除是為了挑起三眾聖王之間的爭鬥而故作姿態，可畢竟風族和現任天帝諾帝斯之間，總是有著比其他神族更深一層的關係。所以比起立場相似的雅希漠，埃斯蘭難免會更加防備這個蒼穹之王。

對這個讓自己顏面大損的傢伙，埃斯蘭向來沒什麼好感，這恐怕是他第一次仔細地打量著暮。

也許清醒時還有那麼點高傲的氣勢，勉強算是符合她的身分。可現在看來纖細單薄，脆弱得像是能輕易被碾碎的傢伙，哪裡像是那個能夠屢屢戰勝魔王軍隊的蒼穹之王？埃斯蘭看著看著，不知不覺放柔了表情，非但沒有繼續甩開她，甚至怕她會摔到地上而伸手扶住了她。

暮用力地呼吸著，手更是不停地顫抖，看上去好像快要喘不過氣了。埃斯蘭嘗試著想要拿下她臉上礙眼的面具，卻驚訝地發現那並不是單純用來遮掩容貌。而且從面具和手指接觸的地方，還隱約傳來了一種奇異的波動。

就在這個時候，暮原本緊閉著的眼睛忽然睜開，那雙漆黑的眼睛覆蓋著一層朦朧的水光，埃斯蘭覺得自己像是猝不及防落進了一片暗沉的水中，有一種沉溺在黑暗之中的錯覺。事後回想起來，他感覺自己像是被下了什麼咒語。但那個時候，他就是忍不住想要再靠近一些，仔細看看這雙眼睛到底有什麼魔力，為什麼會覺得……

「你在做什麼？」一個冷淡的聲音從他背後傳來，制止了他接下來的舉動。

「天帝大人。」埃斯蘭就著彎腰的姿勢回過頭，看到了站在身後的天帝和雅希漠：「您來了嗎？」

天帝的目光在他和暮之間游移，而雅希漠的表情卻有些奇怪。

「我是不是來的不是時候？」天帝語氣很溫和地問他。

「您過來看看暮吧。」埃斯蘭倒是沒有多想：「她好像傷得很重。」

「暮？」天帝大人挑了下眉。

「埃斯蘭大人，」跟著天帝進來的雅希漠問了他一句：「暮大人怎麼會流了這麼多血？您看出是哪裡不對了嗎？」

「暮大人好像受了重傷。」埃斯蘭立刻意識到自己的失態，連忙直起身體：「但也不像單純的受傷，恐怕還受到了咒術一類的攻擊，所以才會這麼嚴重。」

「這麼說，是在西方邊界的時候受的傷吧。」雅希漠轉向天帝詢問：「您看是不是要讓……」

天帝舉起手打斷了他，慢慢走到椅邊。他毫不費力地拉開暮緊抓著埃斯蘭的手，轉而握進自己手裡。

「妳忍耐一下。」他彎下腰，在暮耳邊關切地說著：「我帶妳去治療。」

暮張著沒有焦距的眼睛，迷茫地看著眼前的天帝，然後伸出另一隻手靠近他。而站在一旁的兩人驚訝地看到，那個向來厭惡血腥味的天帝，就像根本不在意暮用沾滿鮮血的手碰觸自己。

「不要！」暮卻是用力推開了他，神智不清地說著：「我討厭你！你別過來！」

天帝微笑起來，彷彿這樣的暮讓他覺得有趣。

「妳這個樣子，兩位聖王可是會取笑妳的。」半開玩笑似地說完之後，天帝伸手抱起了她。

「好冷……」暮在天帝的懷裡一臉難受地掙扎：「走開……」

看到天帝滿面笑容地把暮抱了出去，埃斯蘭和雅希漠不由相互看一眼，都在彼此的眼中看到了同樣的疑惑。

「雅希漠，你不覺得有些匪夷所思嗎？」埃斯蘭拿起桌上的手帕，擦試手腕和外衣上沾到的血跡：「比如說我們的天帝大人對待暮的態度，還真是不得不讓人感到吃驚呢。」

「看來天帝大人應該是早就知道暮受傷了。」雅希漠看著被染上大片猩紅的椅子，說不清自己心裡的沉重是為了什麼：「不過再怎麼說，天帝大人對她的態度都不太尋常。」

「你確定這能叫做不太尋常？」埃斯蘭草草擦完，把手帕丟了回去：「雅希漠，看來我們是要打起十二分的精神了，誰知道接下去會發生什麼事情呢？」

「暮……暮……」

「雅希漠，你在想什麼？」

「不，那是不可能的。」雅希漠搖了搖頭：「他早就已經死了。」

看到雅希漠奇怪的表現，埃斯蘭揚了揚眉毛，無法掩飾自己心裡的驚訝。

究竟是怎麼了?那個暮究竟用了什麼辦法，讓一向冷靜的雅希漠都變得這麼神不守舍?難道是施展了什麼法術，用她那雙深邃的黑色眼睛……

暮還沒來得及睜開眼睛，先扶住頭呻吟了一聲。

「暮大人，您醒了嗎?」身邊有人關切地問她：「還有覺得哪裡不舒服嗎?」

「嗯……」聽到這個熟悉的聲音，她慢慢張開眼睛，看清楚眼前晃動的黑影原來是自己的貼身女官：「薇拉?」

「是啊。」薇拉看到她清醒過來，終於鬆了口氣：「您的舊傷又復發了，流了很多血呢。」

「好熱……」她沒仔細聽薇拉在說什麼，只覺得整個人又悶又熱，仔細一看，才發覺自己被埋在成堆的被子下面：「這是做什麼?」

「您一直喊冷，都把我嚇死了。」薇拉一邊幫她把被子搬走，一邊告訴她：「我只有把能找到的被子都蓋在您身上，您才慢慢安靜下來。」

「是嗎?」她伸手碰了碰沒有異樣感覺的胸口：「是誰幫我……」

「您知道嗎?是天帝大人呢!」薇拉很高興地告訴她：「天帝大人已經親自為您治療過了，相信不會再復發了!」

「那還真是要好好感謝他。」她不明白薇拉是為了什麼大驚小怪：「薇拉，我的頭很痛，妳讓我一個人待一會好嗎？」

「大人，您要是見到天帝大人，最好還是……」薇拉退出去之前，猶猶豫豫地告訴她：「天帝大人似乎不怎麼高興。」

「為什麼不高興？」她過了一會才聽見了薇拉的支吾其詞，正想要問清楚的時候，卻發現薇拉已經退了出去。

暮側頭看了看窗外碧藍的天空，又覺得睏倦起來。她閉上眼睛很快就睡著了，卻睡得不太舒服，渾身上下炙熱難受。直到有什麼冷冷的東西碰了碰她的臉頰，她下意識地抓住靠了過去。有一種淡淡清爽的氣味包圍著她，她舒服地嘆息，這才沉沉地睡去。

暮向來就不喜歡人多吵鬧的地方，但這天晚上，她卻不得不離開安靜的內城，去外城參加一場為歡迎三眾聖王齊聚聖城而舉辦的宴會。她討厭這種場面，她總覺得自己和身邊的所有人都格格不入。但身為風族的聖王，她更明白自己的感受必須被排在責任之後。

「看起來妳的身體恢復得很好。」有人在她背後說。

她好不容易躲到庭園裡一處無人的角落，還沒來得及鬆口氣，就被這個接踵而來的聲音嚇了一跳。

「雅希漠大人？」她看清楚從重重簾幕後方走出來的人之後，倒不怎麼意外：「謝謝您的關心，我已經沒事了。」

這位向來以深沉睿智聞名的浩瀚之王，自從見面之後就對她表現出異乎尋常的關注。這當然是需要提防的，但直覺卻告訴她，雅希漠似乎並沒有什麼惡意。

「暮大人，我總覺得我們曾經在什麼地方見過。」雅希漠的眼睛裡映出了暮的身影，一併出現的，似乎還有其他的什麼東西：「不知道暮大人對我有沒有什麼印象？」

「我在蒼穹城出生長大，很少離開風族的領地，和您見過面的機率應該不大。」暮婉轉地否定了他的想法：「再說要是見過雅希漠大人，我是絕對不會忘記的。」

「其實我也知道，只是不問一問，我始終不能死心。」雅希漠歉然地笑道：「自從見到您以後，我就被一個不可思議的念頭纏住了。」

「不知道能讓雅希漠大人這樣念念不忘的，會是什麼人呢？」暮並不是很感興趣，不過她想知道雅希漠到底是不是別有用心。

「也許對您來說是種冒犯，不過那個人他……已經死了。」雅希漠深藍色的眼眸黯淡下去：「那也是有一段時間的事情了，只是總感覺太過突然，突然地開始到突然地結束，什麼痕跡都沒有留下，就好像他從來沒有存在過一樣。」

「您是說，您認識的那個人和我很像？」暮直覺地摸了摸自己臉上的面具：「但隔著這個面具，您又是憑什麼確定的呢？」

「他非但只是個不值一提的無名小卒，甚至不是女性。」眼中湧動著類似於急切的光芒，讓雅希漠和平時充滿冷靜智慧的形象相差許多：「我並不是說你們的外表，其實只是有一種模糊的感覺，您和他，完全不同卻又十分相似。要說唯一和您有關的地方，就是他也許有著部分風族的血統。我甚至猜想，您和他是不是……」

「我恐怕不能理解您的意思。」暮敢說要不是礙於身分，雅希漠早就伸手過來摘了自己臉上的面具：「不過您要是懷疑那個人和我有血緣上的聯繫，我倒是可以肯定告訴您，那是絕不可能的事情。」

「您說得未免也太絕對了。」雅希漠不悅地說完之後，才意識到自己的無禮，急忙向她道歉：「真是抱歉，我本來不該和您說這些話的。」

「看雅希漠大人的樣子，這個人的死應該別有內情。」暮如願地看到雅希漠變了臉色：「不會牽涉到內城之中的某些隱祕吧？」

「妳怎麼知道？」雅希漠驚訝之下連尊稱都忘了使用。

「您剛才不是看了那裡嗎？在說他已經死了的時候。」暮用眼睛的餘光瞥了一眼高懸空中的雪白城池：「這並不是很難猜到。」

雅希漠正想開口，他們卻不約而同地聽到了異樣的聲音。兩人朝聲音的方向看了過去，見到不遠處光影搖動，像是出了什麼不同尋常的事情。

「我過去看看。」雅希漠似乎想到了什麼，丟下這一句就急匆匆地撩開簾幕走出去。

「雅希漠大人。」暮忽然喊住他：「除非那個人也是帕拉塞斯家的後裔，否則的話，我和他不可能有血緣關係。」

雅希漠一愣之後，瞬間臉色大變。他想開口說些什麼，但被一陣高過一陣的喧嘩吸引了注意力。加上暮已經悠閒地轉過身，他只能忍住滿心驚疑走了出去。

聽到身後雅希漠的腳步漸漸遠去，暮抬頭仰望高處那通體發光的宮殿，看得有些入迷。

就算不會成為仇敵，她也沒有天真到認為雅希漠會成為自己的盟友。就像浩瀚之王這個稱呼一樣，雅希漠是個宛如無邊深海般看不透的人。只說天帝多年來有心削弱他的勢力，但始終難以如願這一點，就能看出雅希漠有著多麼高明的手腕和不輸任何人的頭腦。

而「帕拉塞斯」這個名字代表了她真正的出身，這是在風族中也沒有多少人知道的祕密。暮不太明白自己為什麼會一時衝動，輕易地告訴雅希漠這麼重要的事情。如果雅希漠說著那些不著邊際的事情很可疑，那她的表現就只能用失常來形容了。

她長長地舒了口氣，用力按著自己的太陽穴，告訴自己這只是一時頭昏，並不代表受的傷已經到了會令她神智受損的地步。

背後傳來了急促的腳步聲，她第一個想到的就是雅希漠可能折返回來了。

「雅希漠大人。」她側過頭，對著身後的人說：「關於剛才我說的……」

忽然有一種危險的直覺，暮一個激靈，意識到事情不太對勁。但她還沒來得及做出反應，一件冰冷的利器就已經架在了她的頸邊。

「不要亂動。」一個刻意壓低的聲音在她耳邊響起，接著不遠處傳來一陣凌亂的腳步聲。

「我好像看到往那裡去了！」有人在說。

「誰在那裡？」暮在他們衝過來之前，及時開口詢問：「到底是怎麼了？為什麼這麼吵？」

「是暮大人嗎？」簾幕外面有人聽出了她的聲音，有些慌張地說：「真是抱歉，我們不是故意要打擾您的。」

「沒什麼，是宴會要結束了嗎？」

「不是的，只是有來歷不明的人闖進這裡。」那人有些尷尬地低咳一聲：「請問您有沒有見到什麼可疑的人呢？」

「什麼可疑的人？」暮刻意拖長音調：「你們別晃來晃去就好，我有點頭暈，想休息一會。」

外面的人答應了，轉眼腳步聲遠去，遠遠地離開了。

「妳是什麼人？」那個用匕首架在暮脖子上的人，用一種很感興趣的口氣問著。

「這話應該我來問吧。」暮垂下眼眸看了看好像很鋒利的刀刃：「你又是什麼人？這是打算做什麼呢？」

「神族裡盡是一些有趣的傢伙。」那人的手很穩，就連語氣也是一樣：「我不想回答妳的問題，只想麻煩妳告訴我，我要怎麼上去？」

「你要上去那裡？」暮開始覺得事情並不一般：「你知道那是什麼地方嗎？」

「聖城之內，不是嗎？」

「對，天帝居住的內城。」她今天穿了墨綠鑲金邊的聖王服飾，可這個人依舊不知道她是誰，那麼唯一的解釋就是——

「你一個人類能夠來到這裡已經很不容易了，至於進入內城這種愚蠢的想法，還是及早放棄比較好。」

「妳知道我是人類？」

暮點點頭，似乎將那把隨時可能割斷她喉嚨的匕首當作不存在，語氣甚至還帶著玩笑的意味：「聖城果然是個非常精彩的地方，什麼奇怪的事情都能遇到。不論接下來還會發生什麼，我想我也不會太吃驚了。」

一個闖進神界的人類，加上在雅希漠身邊的那個……看起來，這表面安寧的聖城，暗地裡卻是熱鬧非凡啊。

「從剛才就能看得出來，妳的身分一定不低。」那人的腦袋轉得不慢：「妳應該有辦法讓我進去內城吧。」

「不行，我可不想招惹這種麻煩。」她很乾脆地拒絕了：「你只要稍微有點腦子，就應該知道那是行不通的。」

「也許很蠢，但未必行不通。」那個人並不是在威脅，而是用一種很輕柔的語調說：「有人在那裡等我，我一定要去。」

暮呆住了，不是因為話的內容，而是因為這個聲音。就著緊貼在脖子上的匕首，她突兀地轉過身。

那人雖然立刻收手，但鋒利的刀刃依舊毫不留情地劃開了暮的皮膚，鮮血爭先恐後地從長長的傷口湧了出來。暮卻並不在意，她把注意力都放在了身後那人身上。那個人有著絲毫不遜色於神族的外表，烏黑的長髮，還有那雙綠色的眼睛……

「妳怎麼了？」那人顯然也被她搞糊塗了，看到她站立不穩一把扶住了她的手臂：「難道我的長相讓妳想暈倒嗎？」

「你說『我會永遠陪著妳的』這句話給我聽。」暮已經完全沒有悠哉的心情，反手抓住了那個男人的手腕。

「我為什麼要說這種話？」

「你最好照我說的話去做。」她的眼眸瞬間變成深不見底的暗黑：「否則的話，我會立刻殺了你。」

「聽起來真是可怕。」那人半真半假地回答。

「如果你覺得我是在開玩笑的話，」暮嘴角掛著笑容，眼神卻比冰還要冷：「你大可以試試。」

「要是為了這種事丟掉性命，似乎不太值得。」那個人揚了揚眉毛，決定從善如流：「那好吧。」

「我會永遠陪著妳的。」他的聲音輕柔繾綣，那雙眼睛就像蒼穹城裡的守護之石一樣晶瑩美麗。

「再說一遍。」

「我會永遠陪著妳的。」

「再說一遍。」

「我會永遠陪著妳的。」

「是……」暮的腦子又開始混亂：「或者不是……」

「是什麼?不是什麼?」

「我怎麼知道?」暮扶住自己的額頭，大聲地喊著：「這該死的究竟是怎麼了?」

等喊完之後，她意識到自己的聲音太大了，恐怕會被人聽見。

「你還不快走?」暮忍住頭痛瞪著面前這個男人，一點也不想和他糾纏下去：「難道要在這裡等著送命嗎?」

「這我敢和妳打賭。」那個人類居然有恃無恐起來：「妳不會讓我就這麼送命的。」

【第十五章】

Lies and Love

埃斯蘭揮開那些礙事的簾幕，衝進庭園裡幽靜的角落。當他看到臉色蒼白的暮靠在闌欄上，頸邊沾滿鮮血的樣子，不由愣了一下。暮沒想到第一個趕過來的會是他，也是有些愕然。

「這是怎麼回事？」埃斯蘭一愣之後立刻回神：「妳怎麼了？」

「埃斯蘭大人？」暮用手捂著自己不算嚴重卻流血不止的傷口：「您不是在宴會廳嗎？怎麼轉眼就跑到這裡來了？」

「讓我看看。」埃斯蘭拉開了她的手，仔細地檢查了一下傷口：「妳被襲擊了嗎？」

「出了什麼事？」這個時候，雅希漠衝了進來，看到暮這樣臉色都變了：「暮，妳怎麼受傷了？」

「我沒有防備，被人從背後偷襲。」她彎起嘴角：「在聖城遇到這種事情，不知道之後異瑟大人會怎麼向我解釋。」

「妳怎麼樣？」雅希漠大步走了過來，查看她的傷口。

「你不是和她在一起嗎？」身邊的埃斯蘭瞥了雅希漠一眼：「怎麼偏偏這個時候離開了？」

「您是在暗示什麼？」雅希漠確定暮沒有大礙之後，冷冷地看著埃斯蘭：「我只是想去看看出了什麼事，這也有問題嗎？」

「我可沒有暗示什麼，不過你才剛離開就出事，未免也太過巧合了。」

「那原本應該在宴會之中的您，居然在暮受傷之後立刻趕到，身邊甚至沒有任何隨從，這不是更加奇怪？」

「說夠了沒？」暮冷笑著打斷他們：「我不知道兩位大人是怎麼想的，我承認，是我太不小心了，但也不至於像你們說的這麼沒用吧？」

「我當然沒有那個意思，但要是我沒有離開，也不會讓妳受傷了。」雅希漠邊說邊用手幫她按住傷口：「到底是什麼人偷襲妳，妳看清楚了嗎？」

「樣子我沒看清，不過應該是男性。」暮側過頭，想要避開他的碰觸：「他動作敏捷，擅長近身戰鬥的技巧，不像是普通人。」

「妳別動。」雅希漠按著她的頸邊大聲喊著：「人都到哪裡去了？快叫醫官過來！」

「在這個時候闖進聖城，傷了大名鼎鼎的蒼穹之王還能全身而退，當然不會是普通人。」

「埃斯蘭大人。」雅希漠被他惹得有些不快：「暮大人已經受了傷，你能不能不再要說這些沒有意義的話了？」

「雅希漠大人，你對我們的暮大人倒真是處處維護。」埃斯蘭不冷不熱地說了一句：「要說你們是剛認識的，恐怕誰都不會相信。」

雅希漠一愣，轉眼看到暮正盯著自己，不知不覺就想要解釋：「我只是和暮一見如故，總覺得在什麼地方見過，所以才這麼關心。」

暮把雅希漠的這句話在腦子裡反覆想了幾次，驚覺自己對剛才遇到的那個男人，也是產生了這樣的感覺，就像是在什麼地方見過……

「是在什麼地方見過？」她抬起頭看著眼前的雅希漠，有些茫然地問著自己：「我們是在什麼地方見過？」

雅希漠被她用漆黑的眼睛眨也不眨地看著，不自覺伸手撩開她散落頰邊的長髮。

「兩位，別這麼目中無人可以嗎？」感覺被忽視的埃斯蘭冷冷哼了一聲：「難道說你們兩位也想趁著天帝娶妃，順便找個機會讓風族和水族合併在一起？」

「埃斯蘭大人！」性格內斂的雅希漠也被這句話惹得惱火起來：「我們都是客人，如果起了衝突實在不怎麼好看。」

「我們脾氣良好的浩瀚之王，居然連這點玩笑也開不起嗎？」

「埃斯蘭大人還真是幽默。」暮從茫然中回過神：「不過說得也有道理，天帝大人也已經確定了伴侶，作為忠心耿耿的屬下，也許我們大家都該各自找個情人才對。」

她說完對雅希漠點頭，為他的維護表示感謝。雅希漠感覺到她不著痕跡的避讓，心裡有些空空的。

「真是有意思。」在眾人身後的簾幕裡，忽然傳來了一個冰冷的聲音：「原來蒼穹之王竟然有這樣的念頭啊。」

也許是因為有過經驗，暮這次沒被嚇到，只是有一點點驚訝，但雅希漠和埃斯蘭顯然是十分吃驚。

「天帝大人，您真是永遠在我想不到的時間和地點出現。」暮甚至沒有像他們一樣回頭確認：「不過您這樣突然到來，會讓大家手忙腳亂呢。」

「異瑟會去處理的。」天帝往後看了一眼，跟隨在他身後的異瑟微微彎腰，無聲無息地退了出去。

片刻之後，四處的喧鬧就不約而同地消失了。暮往前走了幾步，走到圍欄邊向上仰望，她被籠罩在朦朧的白光之中，看起來那麼虛幻而不真實。剩下的人都看著她，沒有人願意第一個開口，氣氛安靜得有些詭異。

天帝走到她的身後，伸出手靠近她的頸邊，一轉眼的功夫，她頸邊的傷口已經止血結痂，然後慢慢變淡。等天帝收回手時，除了殘留在衣物上的血跡，沒有留下半點代表著她受過傷的痕跡。

「真好。」暮的手指撫過自己完好如初的脖子，用一種空洞遙遠的聲音說：「已經好了呢，一點都看不出來……」

「大家不要拘謹，我不是來破壞你們心情的。」天帝大人溫和地笑著，用似乎是發自內心地關懷問道：「暮，妳沒事了吧？」

「請您不要這樣看著我，不要這樣對我說話。」暮側過臉面對著他：「我覺得很不舒服。」

她掩蓋在面具之下的臉有些蒼白，墨黑的眼睛看不出情緒，但渾身上下都散發出一種拒人千里的味道。

天帝收起笑容，往後退了一步。

「謝謝您幫我治傷。」暮合乎禮儀地對他彎腰行禮：「我有點累了，要是您不介意，我想回去休息。」

「暮。」天帝仔細地看著她：「是誰刺傷了妳？」

「我沒有看清楚。」暮搖了搖頭：「是我太沒警覺，回去之後我會好好反省的。」

「我不是這個意思。」

「請原諒我不能明白您的意思。」暮飛快地接了這麼一句。

這是第一次，我們都知道對方真正在想什麼，可惜……也是最後一次……

「夠了。」天帝大人的聲音忽然變冷：「妳要回去就回去吧。」

暮聽到他這麼說之後，毫不留戀地走了出去。

「天帝大人。」雅希漠怕天帝被暮惹火了，想要替她解釋：「暮大人想必是因為大意受傷覺得懊惱，多半是在生自己的氣。」

「多半是這樣，她本來就喜歡逞強。」天帝朝他笑著：「沒想到你們相識不久，倒是挺瞭解她。」

「要讓我說，暮大人和雅希漠大人不論外表和身分，都十分相配。」埃斯蘭嘲諷地說：「要是兩位情投意合，不如就請天帝大人做媒，三眾聖王中的兩位能夠聯姻也是美事一件吧。」

「埃斯蘭大人，開玩笑也該有分寸。」雅希漠皺著眉說：「說我也就算了，何必牽扯到暮大人身上，她聽到了一定會很生氣的。」

「暮大人向來冷淡，偏偏對雅希漠大人總是和顏悅色，那就代表她對你也不是無動於衷。」埃斯蘭揚起嘴角，朝向天帝問道：「天帝大人，您說是不是？」

「你們情投意合？要真是這樣的話……」天帝垂下眼睫，深邃的綠眸中飛快地閃過一絲冰冷光芒：「我會好好考慮的。」

雅希漠想開口辯解，卻被埃斯蘭的拍手叫好打斷了。

「烈焰之王，」等到天帝離開之後，雅希漠攔下了埃斯蘭：「你想做什麼？」

「做什麼？浩瀚之王雅希漠大人，不是你提醒我的嗎？」埃斯蘭仰頭大笑：「我只是想辦法讓自己不會變成接下來自身難保的那一個而已！」

暮走到自己的車邊剛打開門，甚至沒來得及跨進去，整個人就乏力地倒下。這時從門裡伸出一雙手托住了她的肩膀，把她整個人扶了進去。

「大人？」負責駕車的侍從聽到聲響回過頭，只看到了關上的車門。

「走吧。」暮懶洋洋的聲音從車裡傳了出來：「我不急著回去，慢慢繞兩圈，我想從空中看看聖城。」

車輦慢慢升空，暮把視線從窗外收回，放到了自己對面的那個人身上。

「你倒是聰明，知道躲在我的車裡。」她靠在柔軟的車座上，不掩飾自己眼裡流露的欣賞：「是認出了和我衣服上一樣的徽記？」

「是的。」那人微微一笑：「能讓素不相識的小姐為我掩飾行蹤，今天我還真是幸運呢。」

「我不這麼認為。」暮冷冷地笑了一聲：「你能到這裡，絕對不是只靠運氣就可以做到的。」

「多謝誇獎。」幾乎是四面楚歌的境地，那人卻還是一副悠閒自在的樣子：「我叫……」

「請等一下。」暮出聲制止他的自我介紹：「我不想知道你是誰，你來這裡的目的我也不是很感興趣。當然我更不是在幫你，只是不願惹上麻煩罷了。」

「只要妳幫我到了內城，我的事就和妳沒有任何關係了。」

「你真的這麼想？」她的手指撫摸著裝飾在車內的華麗徽章：「為什麼我覺得要是我那麼做了，會給自己惹來更大的麻煩呢？」

「那怎麼可能？」那人用誠懇的表情告訴她：「我絕對不會連累妳的。」

「或許有人會相信，但不是我。」就在說這句話的時候，暮已經拔出身旁的劍架到了那個人的脖子上：「好不容易抓住一個機會，不好好利用不是太可惜了？要是我答應幫你進入內城，接下來你還會更多要求吧？」

「作為一位小姐來說，妳的身手真不錯。」那個人似乎是被她突然翻臉嚇到了：「千萬別衝動，我可不想受傷。」

「別拐彎抹角，我不信你真的不知道我的身分。」暮身體前傾，靠近了這個不速之客：「待會我會把你送到相對安全的地方，然後我們把這一切都忘記，這才是最友善和睦的解決方式，你說是嗎？」

「我曾經聽說過，自從風族的蒼穹之王駐守西方邊界開始，魔王的精銳就沒能再往前半步。」那人抬起深邃的眼睛凝視著她：「不過就算真的見到妳，我也很難想像馳名神界的戰將，會是這樣一個外表柔弱的女性。」

「謝謝你的誇獎。可惜聖城附近不能使用法術，如果用劍難免見血，萬一把這裡弄髒了，會很難清洗乾淨。所以呢，今天我就不殺你了。」暮跟著笑了起來：「不過我不敢保證，我待會會不會改變主意，要是你不想死在這個地方，最好按我說的去做。」

「我有一個問題。」那人好像根本沒有聽她說話，而是很突兀地提起了剛才發生的事情：「為什麼要我說那樣的話？」

「是啊，為什麼呢？要是我知道，又何必在這裡和一個人類浪費口舌。」她就是想不明白自己為什麼那麼失常，所以才讓這個人類借助她的力量逃脫搜捕：「但我現在反而更混亂了，我想這很糟糕……」

可能是因為那低沉動人的聲音，更可能是因為那深邃美麗的眼睛，暮非但沒有被觸怒，反而覺得自己有點恍恍惚惚，好像在夢中一樣。她沒有握劍的手不知什麼時候撫上了那人的臉，碰觸著那漆黑的眉毛、綠色的眼睛和挺直的鼻梁……

她那種小心翼翼的樣子，就像生怕眼前只是由月光和幻想交織而成的假相。熟悉而令人懷念，卻明明是全然陌生的。自從遇到這個人開始，矛盾的感覺一直在暮的意識中交替著出現。

「一定在什麼地方見過。」她喃喃地說著：「但是我為什麼想不起來了？」

「妳是說我嗎？」那人一邊笑著，一邊用手移開她架在自己脖子上的長劍：「妳一定是記錯了，我怎麼有榮幸認識赫赫有名的蒼穹之王。」

暮正想開口說話的時候，一道微弱的反光因為他的動作折射到了暮的眼中。暮用手指把他頸邊的銀鍊從衣服裡挑了出來，鍊子上懸掛著的透明晶石，在月光下閃爍著明亮的光芒。

「你怎麼會有這個？」暮眼中的迷濛霎時消散，她極力掩飾心中的震驚問道：「你是從什麼地方得到的？」

「妳說這個？」他低頭看了眼那形狀宛如星辰的鍊墜，輕描淡寫地回答：「這本來就是我的東西。」

「不可能。」暮瞇起眼睛，重新把劍架到了他的頸邊：「你最好老老實實說清楚，這塊風神聖石，為什麼會在你手裡？」

「如果妳是想問這個，」那人一臉有恃無恐，似乎篤定她不會拒絕任何條件：「等到了內城，我就告訴妳。」

「你是在威脅我嗎？」暮抿緊嘴角：「你以為你有什麼立場和我談條件？」

「如果可以的話，我不想威脅任何人，但我不能錯過任何機會。」他似乎是嘆息一聲：「我已經來得太晚了。」

暮不知道為什麼心裡忽然一緊，有種酸澀難言的感覺在她胸中翻絞。她緩慢地收回長劍平放在膝上，愣愣地盯著那雪亮的劍刃出神。

「我和我要尋找的那個人，就像現在一樣，永遠被阻隔在無法靠近的距離之外。有形或者無形的，總有東西擋在我們之間，讓我無法接近也無法擁有她的心。

「可就算這樣，我也從來沒有想過要放棄她，雖然我沒告訴過任何人……」那人靠在車座上，看著窗外近在咫尺的白色高牆：「哪怕被那樣背叛，她都拚命堅持著沒有絕望。可我卻在她最無助的時候放開了她的手，讓她獨自面對更加徹底的傷害。因為只有她心中最後的希望破滅了，我才有可能真正得到她。

「但最終我還是錯了，我不該給她機會讓她在我的生命中消失。我來這裡是為了找到她，然後告訴她我不會再放手了。」

「為什麼要和我說這些？」暮沉默片刻之後抬起頭：「難道你以為這些話能打動我，讓我決定幫助你嗎？」

「我覺得我能夠得到妳的幫助。」那人也不知哪裡來的自信：「在第一眼看到妳的時候，我就知道了。」

「你要知道這是天帝的宮殿，而不是什麼可以任人來去的地方。」暮知道自己不該感到好奇，但她無法否認自己還是被勾起了好奇心：「你說你要找的人在這裡面，聽起來實在有些荒謬。」

「我不知道她現在怎麼樣了，但她進了內城之後，就再也沒有出來過。」

「你有沒有想過，或許還有其他可能呢？」

「妳是說她死了？不，他是不會那麼做的。」那人搖了搖頭：「不論是出於什麼原因，他都不會那麼做。」

暮沒有仔細詢問，她能察覺到這些不清不楚的話背後，似乎隱藏著聖城之中一些重要的祕密。祕密通常意味著麻煩，而重要的祕密就等同於天大的麻煩。如果可以的話，她一點也不想和麻煩扯上關係，但現實卻好像正在逼迫著她和麻煩越靠越近。

「那塊風神聖石應該是屬於我的，但許多年前，它就跟隨著上任族長一起失蹤了。它是代表了風神身分的信物，只有從上任族長手中接過它，我才能算是真正的蒼穹之王。」她平靜地說出了自己的條件：「我可以帶你進去內城，但僅止於到達那裡。在那個地方，我也幫不上什麼忙。作為交換，你必須告訴我聖石為什麼會在你的手裡，還有你和上一任的風神是什麼關係。」

「我還以為妳會要求用這個來作為交換條件。」他拿起那塊改變了一切的聖石：「據說這是非常重要的寶物。」

「這是創始神遺留下來的東西，傳說裡面藏著關於所有世界的祕密。也許它對某些狂熱的術師來說是寶物，但對我來說沒有多大用處。」暮嘲諷地笑著：「只要能夠找到上一任風神，就算他給我的是一塊普通石頭，那也足夠了。至於這種麻煩的信物，我連碰都不想碰它。」

車子在內城停穩之後，暮支開了侍從。

「好了，你現在可以履行承諾了。」

「我還有最後一個問題。」看到暮沉下的臉色，他解釋說：「妳放心，我不是要反悔，我只是希望妳能告訴我，諾帝斯住在什麼地方？」

「如果你要去其他地方，可能還有機會全身而退。」暮告訴他：「除非你有天帝的特許，否則一接近他居住的宮殿就會被察覺。」

「我要找的人，只會在那裡。」那人一點畏懼或退縮的意思都沒有：「我自會有辦法進去。」

「那和我無關。」她靠坐在那裡，淡淡地說：「你只要回答完我的問題，然後就可以走了。」

「我當然會告訴妳的，但我不能保證妳聽完之後會不會相信。」

「你儘管說，我相不相信不需要你來擔心。」這個人類顯然並不簡單，暮雖然不怕他反悔不答，但多少還是會懷疑他話裡的真實：「但如果你有任何的欺騙或隱瞞，我絕不會就這麼算了。」

「妳放心吧。」那人取下了自己頸邊的銀鍊，對著暮說：「這塊聖石，妳能不能先幫我保管呢？」

「我過說了，這是麻煩的東西……」

「麻煩如果能夠躲避得了，也算不上是麻煩了不是嗎？」那人似乎知道她要開口拒絕：「至於妳要不要收下，還是聽我說完了之後再做決定吧。」

暮沒有說話，看著他微微點頭，示意他可以開始說了。

「上一任的風族族長，那位蒼穹之王被諾帝斯囚禁起來了。」他把那塊剔透的聖石拿在手裡輕輕轉動著：「要是我沒猜錯，應該是被關在這座內城的某個地方。」

【第十六章】

Lies and Love

「這不可能。」暮對冒了很大風險，最後卻得到這樣的答案非常失望：「你以為我是可以被任意愚弄的嗎？」

「要是我想騙妳，何必說這樣毫無可信度的謊言？」又被稱為「神聖者水晶」的聖石，在那個人手裡閃動著眩目的光芒：「其實妳仔細想想，就會發現這並不是沒有可能的事情。」

「有可能嗎？」暮並沒有怒氣衝衝地反駁他，而是說出自己知道的事實：「天帝一直很信任他，在他失蹤之後也不斷派人尋找。」

「如果諾帝斯會信任他，那就是一個天大的笑話。」那人搖頭大笑：「真沒想到，妳居然會相信這種能任意製造的假相。」

「為什麼說是假相？」

「如果妳的父親被一個人殺了，那個人占據了一切本該屬於妳的東西，妳覺得自己和那個人之間，還會有信任那種東西存在嗎？」也許是暮的錯覺，那人的語氣幾乎是幸災樂禍：「又或者，妳覺得他會願意把足以威脅自己的力量，放在妳這個仇敵的手裡嗎？」

「你是說……」

「在成為上一任蒼穹之王前，他還有另一個更加顯赫的身分。」那人把手裡的聖石一鬆，任由它從指間滑落，用握在手裡銀鍊牽扯著左右搖晃：「他曾是上一任天帝的兒子，神族的光明之王。」

「等一下，你知道自己在說什麼嗎？」就算暮再怎麼冷靜，聽到這裡還是免不了大吃一驚：「風族的族長怎麼可能是上一任天帝的兒子？」

「有什麼不可能的，這一切不都掌握在諾帝斯的手裡？」那個人類用自己的手，有些輕佻地拂過暮臉上的面具：「再說戴著這樣的東西，誰會知道妳是什麼人？那麼誰是蒼穹之王又有什麼區別呢？」

暮垂下眼睫，眼前像是出現了一幕幕異常鮮明的畫面。

出生在帕拉塞斯的眾多後裔之中，註定了要在寒冷和敵意的包圍下長大。為了成為唯一能夠使用這個名字，或者說成為唯一活著的「帕拉塞斯」所付出的那些代價……就算她終於成功，甚至進而得到了蒼穹之王的地位，成為神界中最為顯赫的人物之一，但現在也不過獲得一句「誰是蒼穹之王又有什麼區別」。她所付出的努力，所追求的地位，難道真的沒有任何意義嗎？

「看吧，我就說這根本是場鬧劇。」那人看到了暮表情的變化，有些輕蔑地說：「諾帝斯最擅長的就是操縱我們這些傀儡，演出他需要的任何劇情。」

「我們？」暮注意到他用了這個奇怪的稱謂：「不是該說『你』嗎？為什麼會是『我們』？」

「妳還真是細心。」那人抬起眼睛看她：「我這麼說，是因為我本身就是他手裡的棋子之一。而更可悲的是，我一直清楚地知道這一點，卻根本無法逃離他的掌控。」

暮終於明白，自己為什麼會覺得他的眼睛特別熟悉。神族中有綠色眼睛的並不少見，但大多都是淺綠或藍綠，很少人會是這種深綠色。她記得天帝的眼睛也是這種顏色，看上去暗沉而美麗的墨綠。

「妳可以覺得我是在胡說八道，因為我的確沒有證據。」他拉過暮的手，把聖石放進了暮的手心：「不過這根本算不上什麼祕密，只要妳用心留意，應該就能證實我所說的是真是假。」

當風神聖石碰觸到暮的手心，一些凌亂的畫面湧進了她的腦海。她知道那是由於聖石和自身的風族血統產生共鳴，才會有的記憶交流。但這是……誰的記憶？

溫暖的，冰冷的，歡樂的，悲傷的，痛苦的……

暮難以想像，這麼多複雜的感情在同一時刻湧進意識，自己居然還能分辨清楚，那些溫暖和冰冷，歡樂和悲傷，最後是沉重壓抑的痛苦。她握緊那塊聖石，透過金絲編織而成的指套感覺到了尖銳的稜角。

「謝謝妳的幫忙。」那個非常奇怪的人類下了車，走了兩步轉過頭來笑著說：「對了，我叫蘭斯洛。我想或許妳現在不會介意知道我的名字。」

「蘭斯洛……」她看著那個黑髮飄揚的背影，聲音低得連自己都聽不清楚：「我是暮……」

薇拉推開房門，輕手輕腳地走了進去。她驚訝地發現暮的外衣隨意地扔在床上，而昨晚她親手鋪好的床單卻還是整整齊齊，一點睡過的跡象都沒有。

薇拉側過頭，在清晨微藍的光線裡，看見暮穿著昨晚的衣服坐在敞開的窗臺上。她的心一陣急跳，一種十分不祥的預感湧進了她的心裡。她慢慢地走了過去，而暮始終朝著窗外的某處發呆，似乎對她的靠近毫無知覺。

「大人。」薇拉怕驚擾到她，在有些距離的地方停下腳步，很輕地問了一聲：「大人，您一個晚上都沒有睡嗎？」

「我睡不著。」暮眨了一下眼睛：「薇拉，昨天晚上有什麼不尋常的事情發生嗎？」

「不尋常的事？」薇拉不安地問：「您是指哪一方面呢？」

「我只是隨便問問。」暮回過頭，她戴著的銀色面具在陰暗裡散發著奇特的光亮：「薇拉，妳跟著我多久了？」

「您不記得了嗎？」薇拉笑得有些僵硬：「從您成為我們風族的聖王開始，我就在您身邊服侍，到現在差不多已經有一千一百多年了。」

「這麼久……」暮點點頭：「真是不知不覺，一轉眼已經過去這麼長的時間了。」

「大人，您沒事吧？」

「薇拉，我最近是不是有點奇怪。」

「沒有啊。」薇拉搖頭：「大人您就和往常一樣，沒什麼奇怪的地方。」

「不，我覺得自己變得有些奇怪。」暮慢慢地站了起來：「我覺得有什麼地方不對。」

「大人，您不要嚇我。」薇拉的臉色有點發白：「您以往也是這樣，只是這次到了聖城……」

「對。」暮點了點頭：「就是從到了這個地方開始，我就覺得渾身不對勁。」

「我看我還是去找醫官過來幫您看看。」薇拉往後退了幾步：「我想您可能是不太舒服。」

「我的身體很好……」她說到這裡頓了一下，一手按在了自己隱隱作痛一夜的胸前：「或者也不能說是很好，我一直能夠感覺到這個傷口在慢慢結痂，卻不知道為什麼總沒有癒合的感覺。就像是有什麼東西在裡面撕扯著，不願意讓它徹底痊癒。」

「我想我還是去求天帝大人……」

「站住。」

薇拉倒抽一口冷氣，僵直地站在那裡。

「薇拉，妳在怕什麼？」暮輕聲地問她。

「不，我不是怕，我只是擔心……」

「別在我面前說謊。」暮一步一步走到了她的面前：「告訴我，妳為什麼會發抖，妳到底在怕什麼？」

「沒有，我沒有害怕。」薇拉低著頭，雙手拉扯著自己的裙襬：「大人您是我們風族的聖王，是我們敬畏的人物，我怎麼可能會怕您呢？」

「妳怕我，是嗎？」暮好像根本沒有聽到她在說什麼，而是摸了摸自己的臉：「我看上去很可怕嗎？」

她用手指沿著面具的邊緣移動，感覺它和自己的皮膚就像是融合在了一起。她加重力氣用力掀起，鮮血不停地從面具和臉部貼合的地方流淌而出，頃刻間，便淌滿了她半邊臉頰。

「啊——」薇拉放聲尖叫，並且一邊叫一邊往後退。

「薇拉，也許妳害怕是應該的。」暮沒有注意到薇拉已經踉蹌著跑了出去，自顧自地說著：「我都覺得自己好像很可怕。」

當她的手放鬆力氣，面具立刻嚴絲合縫地貼合回去，但當她再次用力想要掀開，鮮血就會開始往外湧出。這麼往復幾次過後，她一側的衣領和袖子都已經被鮮血浸透，但臉上的面具卻還是完好如初地在那裡。

暮站在那裡愣了一會，隨即腳步不穩走到桌邊，慢慢拿起裝飾用的隨身匕首，把尖銳的刀刃貼在臉和面具之間。正當她要開始用力的一瞬，卻被人從背後緊緊地抓住手腕。

「妳這是要做什麼？」那說話的語氣異常冰冷：「想殺了妳自己嗎？」

暮覺得手腕處一陣徹骨的寒冷，凍得她再也拿不住匕首，不知不覺地鬆開了手。匕首摔落在白石鋪成的地面上，發出了清脆響亮的聲音。暮跟著這聲音渾身一震，迷濛的眼睛漸漸有了焦點，整個人就像是從惡夢裡醒了過來一樣。

「天帝大人……」她側過頭，看到那個及時抓住了自己的人：「是你？」

「妳以為呢？」天帝顯然很不高興：「暮，我希望妳能解釋一下，這究竟是怎麼回事？」

「怎麼回事？」暮看了一眼縮在門邊的薇拉：「你怎麼會來？」

「出去。」天帝說了一聲，薇拉像是得到了天大的赦免一樣，飛快地退了出去。

「薇拉也真是的，居然驚動你了。」暮的視線在天帝惱怒的臉和關上的大門之間移動：「我想你是誤會了，我沒有……」

「看著我，不要分心。」天帝用手扳正了她的臉頰：「到底是哪裡不對勁，妳為什麼……」

說著說著，天帝的聲音越來越輕，到最後索性完全消失，只是用那冰冷柔軟的指尖在她臉上流連。暮輕輕一顫，本能地排斥著這過於接近的距離。

「暮，妳已經有了有顯赫的地位和強大的力量。擁有這些別人夢寐以求的東西，妳還有什麼不滿意的？」天帝的語氣很輕柔，這種輕柔又有別於他心情不錯時的溫和：「到底是什麼在影響著妳，告訴我好嗎？」

「我不明白你在說什麼。」暮想不到自己應該說什麼，只能回答：「我想我不需要……」

「總是這樣。」天帝搖了搖頭，表情似乎是惋惜：「妳什麼都不要，這才是真正讓人傷腦筋的地方。」

「不是。」暮的心裡有種酸酸澀澀的感覺，雖然她不知道那意味著什麼，卻覺得很不舒服，她下意識揮開了天帝的手：「我不要這些虛假的、隨時都會消失的東西。」

「暮，妳再說一遍。」天帝綠色的眼眸裡閃過了一絲光亮。

「我……我……」

「妳剛才說了什麼？」

「我不知道，我不記得了……我想我是病了。」暮退到床邊坐下，用手扶住自己的額頭：「我的頭好痛。」

「大人，兩位聖王已經在城門外等很久了。」異瑟的聲音從外面傳了進來：「您和暮大人恐怕要快一點，如果耽誤出發，抵達的時間就會太晚了。」

「我知道了。」

「出發？」暮抬起頭，疑惑地問他：「什麼出發？」

「是沒人告訴妳，還是妳根本不放在心上？」天帝正擦拭著手上沾到的血跡：「我看應該是後者吧。」

「我很抱歉。」暮忍住暈眩，努力地站了起來：「但我真的不知道……」

「妳今天應該和雅希漠他們一起，跟我出發前往創始神殿。等回來的時候，就是婚典正式開始的時間。」天帝走到她面前，輕輕地推了推她，讓本來就站不穩的她一下子跌坐在上：「不過看妳這樣子，恐怕經不起奔波了。」

暮雖然用手肘撐住了身體，眼前還是一陣陣發黑，連話都說不出來。

「不過，妳也不用放在心上，這是很正常的。」天帝接下去說的話，讓她大吃一驚：「妳不只是受了傷，有人借機對妳施展禁術，妳才會一直被幻象和錯覺困擾。」

「禁術？」她的確知道有這樣的法術，但那早在多年前就被禁止使用了：「那是不可能的，不可能有人會使用這樣的法術，除了……」

「除了帕拉塞斯家的人嗎？」天帝輕輕一笑：「但顯然並沒有更好的解釋，來說明妳為什麼這麼反常。」

「但是……」

「妳能確定沒有任何一個帕拉塞斯家的後裔，曾經叛逃到魔界嗎？」

「你是說我因為被下了禁術，所以傷口才一直難以痊癒？」暮按住胸口：「但是，感情怎麼可能會受到法術的影響呢？」

「那不是真實的感情，只是錯覺而已。」天帝彎下腰：「妳放心吧，很快妳就會擺脫這些幻象錯覺，變回原來的樣子了。」

「原來的？」暮有些恍惚：「是什麼樣子？」

「當然是真正的蒼穹之王了。」天帝按著她的肩膀，讓她平躺下去：「等待禁術失效可能需要一段時間，在那之前，妳就盡量多休息。不需要理會不合情理的錯覺，不要給禁術趁虛而入、擾亂妳神智的機會就可以了。」

「不是要去神殿嗎？」暮掙扎著想要起身：「我換件衣服就能出發了。」

「妳聽不懂我說的話？」天帝拉住她的肩膀，強迫她躺在那裡：「妳現在的情況，就不用跟著去了。」

「但這實在不符合禮儀。」暮猶不死心：「這樣的大事，沒有理由因為我……」

「沒有妳也沒什麼關係。」天帝打斷了她。

暮愣住了，她微張著嘴，卻說不出什麼話來。她感覺在聽到天帝這麼說之後，自己心裡有一陣糾結的疼痛。

「錯覺。」過了很久，她才喃喃地告訴自己：「只是錯覺。」

「這只是個儀式而已，並不是一定要參加。」天帝也察覺到了她的失常，幾乎像在對她解釋：「反正只需要一個晝夜的時間就可以完成，妳就不必跟著去了。」

異瑟的催促再一次響起，天帝轉身就要離開。

「天……」暮一把抓住了天帝的手指，儘管她自己也說不清楚為什麼，但她的心總是空蕩蕩的。就像是想要拚命抓住什麼，卻什麼都抓不住。

「暮，妳知道一切只是錯覺，就不要總是把奇怪的念頭放在心上。」天帝回頭看了她一眼，慢慢把自己的手抽了出來。也不知道是不是因為急著出發，他說完就走了出去，甚至連自己的指套被暮抓在手裡都沒有察覺。

暮攤開手掌，指套靜靜地躺在她手心。就像它的主人那樣，指套精美華麗的鏤刻和光澤，讓人有種遙不可及的距離感。

說是禁術引起的錯覺，也許……

也許一切事情的發生，都是有跡可尋的。比如說好或不好的預感，直覺會在很大程度上影響你的判斷和決定。也就是說，有時候一個微小的契機，卻會成為改變命運的轉折。再比如，有一天你遇到了對自己來說，原以為是微不足道的某個人……

蒼穹之王可不是那些魯莽的傢伙，沒有充分的準備，她是不會輕易冒險的。但要瞞過天帝的眼睛，實在不是一件輕鬆的事情。暮不得不承認，天帝說的那些話，甚至差點讓她改變了主意。

是的，那些失常的激烈舉動，好像神智不清的樣子，都只是她為了能在天帝他們全都離開後獨自留下，而故意那麼做的。她並沒有什麼目的，只是想要在查探某些事情的時候，把阻力和意外降到最低。

在天帝的宮殿周圍，有另一種不同的結界。如果是不被認可者，一旦侵入就會被立刻發現。但只要有一絲天帝的氣息，她就有辦法進入而不被察覺。何況距離多少會影響到結界的效果，如果天帝不在附近的話，那就是更不用擔心會被識破了。

帕拉塞斯在神界語言之中，本就是「神祕法師」的意思。

和字面上的意思一樣，帕拉塞斯是一個神祕的姓氏，也是在神族之中備受爭議的家族。因為不論上一代留下了多少後裔，同時能夠使用這個姓氏的人，永遠都只有一個。

而為了保證絕對的唯一，失去資格的上一代帕拉塞斯和落選者的下場都極其淒慘。這種殘酷的傳承方式，對其他神族來說簡直無法容忍，所以才一直有帕拉塞斯根本不是神族的說法。

可是除了繼承的方式有些出格這一點之外，恐怕沒有人能否認「帕拉塞斯」在神族中有著不可取代的地位。因為這個姓氏非但代表著強大的力量，還關聯著在其他神族之中早就失傳的眾多法術。這也是為什麼早些時候，雅希漠聽見她說自己是帕拉塞斯家的後裔，會那麼吃驚的原因了。

暮有些得意地拋甩著手裡的東西，看著它在月光下發出銀色的光亮。她正在等待時機，等待一個進入結界的最佳時機。

【第十七章】

Lies and Love

有些細微的聲音引起了她的注意，暮從坐著的雕像上探出頭，往藏身處的下方看了過去。被陰影覆蓋的長廊上，有人正躡手躡腳地走了過來。

潛伏在暗處等待機會的傢伙，終於有所行動了嗎？她動了動眉毛，決定先看別人的發揮再說。

除了顯眼的淡金色頭髮，她的身上甚至散發著淡淡的光芒，就像生怕別人不知道她是一個——精靈。看來，雅希漠為她掩飾身分，應該是沒有少花力氣。但在各懷心思的神族中藏起一個純潔的精靈，雅希漠的用心也是值得深思。

暮跟在那個冒失的精靈女孩身後，一路上幫她處理了不少於五撥可能和她迎面遇上的人。

前往天帝居住的宮殿，需要經過一段開闊的道路，路面中央每隔一段距離就篆刻著代表天帝的徽記。看到那個精靈居然想都不想，甚至面露興奮地跑了過去，暮終於無力地垮下雙肩，確定她絕對不是被雅希漠派來有所圖謀的。

難道沒有人告訴過這個精靈，這裡雖然無人守衛，但已經是結界的邊緣，要是她這麼跑過去，就算不觸動結界本身的防禦攻擊，也一定會驚動到遠在創始神殿的天帝。

「停——」穿著深色斗篷的暮從柱子後面跳了出來，擋在那個冒失的傢伙面前。

「啊！」精靈族的少女嚇了一跳，臉色蒼白地停下腳步：「妳是誰？」

「現在不是討論這個的時候，站在這裡也太顯眼了。」她看了看四周，伸手去拉那個少女。

「妳想幹什麼？」精靈少女從懷裡拿出一把小刀，不怎麼友善地對著她。

「把那個收起來，傷到妳自己就麻煩了。」暮皺了下眉，對所處的環境頗有意見：「所以我討厭這些該死的結界。」

要不是血腥和法術會引起注意，她何必跟這種頭腦簡單的精靈浪費口舌，直接捆起來不知要節省多少力氣。

「妳走開！」也許是她的誠意表現不夠，對方反而更加緊張了，甚至有想拿著小刀衝過來的架式：「我只是要進去找人，妳最好假裝什麼都沒看見，不要逼我傷害妳。」

「不不不，我不是要阻止妳。」暮舉起手做出阻擋的動作：「相信我，妳不能再往前走了。」

「為什麼？」

「當然是因為結界，結界妳知道嗎？」暮相信自己已經發揮了有生以來最大的耐心：「妳直接闖過去，一定會觸發結界。」

「天帝大人現在不在內城。」她小心地朝四周張望：「我們會連夜離開這裡的。」

「難道妳以為他不在，這個結界就不存在了？」暮彎起嘴角：「神族所使用的法術和使用自然之力的精靈完全不同，這一點難道妳不知道嗎？」

「妳是說……天帝的結界仍舊存在嗎？」她的神情半信半疑，但拿著刀子的手已經垂了下去：「那怎麼可能？」

「沒什麼不可能的。」暮借機把她拖到了路旁的柱子後面：「好了，如果妳不想連累雅希漠的話，今晚的探險遊戲就到此為止吧。」

「那我該怎麼辦？」精靈挫敗地低垂著腦袋：「好不容易有這樣的機會，天帝大人他……等一下，妳怎麼知道是雅希漠大人把我帶進來的？」

「這不重要，重要的是，如果妳就這麼闖進去，後果一定比妳想像的嚴重許多。」外表或許能做一些偽裝，但讓一個精靈假扮成神族侍女，卻是難以想像的事情：「如果說妳被發現，把妳帶進來的雅希漠恐怕也脫離不了關係。」

「這和雅希漠大人沒有關係，他是因為怕我硬闖惹禍，所以才一直看著我的……」說到這裡，她的聲音已經越來越小。

「是嗎？」暮不否認自己有些誇大，但天帝最近對雅希漠的態度也有目共睹，難保不借著這類小事發難：「那麼雅希漠什麼時候變成了大善人，又或者妳是受了誰的指使來陷害他的？在我看來，妳的行為只有這兩種解釋。」

「才不是呢！我不想連累雅希漠大人，也不是什麼人派來的！」

「妳如果真的怕給他帶來麻煩，為什麼要這麼做？」

「我要把我們公主救出去。」

「救？」暮有些聽不懂：「什麼意思？」

「我們公主是被逼迫的，她根本不願意嫁給天帝大人。」那個精靈顯得憤怒而憂傷：「雖然我們精靈族沒辦法和強大的神族相比，但天帝不顧我們公主的意願硬要娶她，這實在太過分了！」

「是這樣啊。」暮幾乎立刻明白了其中的關鍵：「原來是這麼回事。」

精靈之王的身體似乎一直不好，聽說是在安靜的地方修養。但女兒嫁給神界統治者這樣榮耀的事情，作為看重家庭的種族和愛護女兒的父親，精靈之王不主持典禮的確說不過去。不過，如果是天帝不顧精靈公主的意願強娶，那精靈之王不願意給予祝福，也就沒什麼好奇怪的了。

「真是沒想到，他居然會做這種事情。」想明白歸想明白，雖然她也很清楚天帝為什麼會這麼做，但暮依舊覺得這一切非常荒謬：「為什麼這麼急不可待……」

「天帝大人喜歡我們的公主，但我們的公主並不喜歡他，所以……」

「喜歡？」暮詫異地打斷她：「妳是說愛嗎？妳確定？」

「是的，我就是聽到菲婭姐姐和卡特維大人這麼說，才決定要來這裡救出公主殿下的！」那雙明亮清澈的眼睛裡閃動著純真的光芒：「要被強迫嫁給自己不喜歡的人，公主殿下實在太可憐了。」

暮知道這個孩子非常單純，不可能理解複雜混亂的現實，但這種說法也實在是……

「妳在做什麼？」精靈看著趴在柱子上，身體還在一抖一抖的斗篷怪人：「妳是在為我們的公主殿下感到難過嗎？」

「咳咳咳咳！」暮用力咳了好幾聲。

「妳真是一個好人！」她一臉感動地說著：「我跟雅希漠大人這麼說的時候，他也和妳一樣為此感到非常難過呢！」

可憐的雅希漠，一定忍耐得非常難過吧？

「我可以理解。」暮點點頭：「他因為太喜歡你們的公主，所以才會不顧精靈王的反對，一心想要娶她。」

「但我不明白，為什麼天帝大人會喜歡我們的公主。公主並不是在神界出生長大，和天帝大人應該從來沒有見過面。可是天帝大人忽然宣布要娶她，好像有點奇怪。」

「沒有什麼好懷疑的，喜歡上一個人這種事情，本身就不需要理由。」為了說這句彆扭的話，暮差點咬到自己的舌頭。

當然不需要理由，只需要有原因就足夠了。毫無疑問，天帝大人是喜歡那位公主的，前提是她必須擁有「精靈之王的後裔——神聖的光明公主」這個頭銜。

「果然是很複雜的事情。」精靈嘆了口氣：「可是如果天帝大人喜歡我們公主，為什麼不請求而是要強迫她嫁給自己呢？」

「好了，我們還是不要再討論這種沒有答案的事情了。」要是再說下去，她一定會忍不住笑趴在地上：「妳可以和我說說，妳原本是怎麼打算的嗎？當然，我說的是『救出』你們公主之後的打算。」

如果說那個連血液都是冰冷的天帝大人，也知道什麼叫「喜歡」的話，恐怕離世界毀滅的日子也不會太遠了。

「打算？」精靈對她的問題表現出茫然：「當然是和她一起回去啊！這樣的話，公主就不用嫁給天帝大人，姐姐和卡特維大人也不用那麼難過了！」

「好答案。」暮再次點頭：「妳真是一個能幹的精靈。」

她很想知道，是不是所有的精靈都像眼前的這隻一樣。要真是那樣的話，她很懷疑被稱作最古老的精靈族到底是怎麼生存下來的。

「嗯！」精靈對她的誇獎非常贊同：「我才不是闖禍精，為了精靈族，為了緹雅殿下和公主，我什麼都願意去做。」

暮看著面前個子嬌小、渾身閃耀著光芒的少女，心裡又開始隱約抽痛起來。她想自己可能真的受到了禁術的影響，才會隨時隨地有這種就快要窒息的感覺。

「我叫菲娜！」那孩子好像完全忘了自己的目的，非但對她這個來歷不明的人沒有絲毫懷疑，甚至在三言兩語之後已經把她看成了自己的同伴。

「真是的。」暮發現自己對著這個迷糊的精靈，心裡的某個部分總是會不由自主地柔軟起來，她忍不住碎念了一句：「為什麼我要做這種事情？」

「暮大人！」菲娜忽然輕呼一聲：「我就說妳的聲音好耳熟，原來您是……嗚嗚嗚嗚！」

「我不認識妳，更不是什麼暮大人。」暮眼明手快地阻止了她的大聲叫喚：「如果妳不是和她有仇，就不應該在這種地方大聲亂說話。」

「可妳明明就是暮大人啊！」菲娜雖然壓低了聲音，但還是堅持說：「我們精靈對聲音很敏感，我認得出妳的聲音！」

「我說了我不是。」

「妳就是的！」

「我不是。」她擋開了那隻想要揭開自己斗篷的手。

「可妳明明就是啊！」聲音又開始拔高。

「我……算了，我這是在做什麼？」暮無力地呼了口氣：「妳小聲一點好不好？」

「妳承認了是不是！」菲娜的眼睛裡發出類似於興奮的光芒，整個人撲了過來：「暮大人！」

「妳想幹什麼？」暮忙不迭地往後退了幾步。

「我在以前一直聽說，您是一個很可怕很可怕的人。雖然您看起來也很可怕，但實際上完全不是呢！」菲娜拉著她的斗篷，用熱烈的目光注視著她：「為了救一個身分卑微的侍女，您一點都沒有沒有顧及自己的危險。要不是因為您，我一定會被那些魔獸吃掉的！」

「好了好了，也不是什麼嚴重的事情，妳不要放在心上。」暮並不是很高興，甚至有一點後悔自己當初的多管閒事：「我接受妳的道謝，現在妳可以放手了吧。」

「我還想什麼時候過去向妳道謝，但一直找不到機會。」菲娜被搞糊塗了：「可暮大人您怎麼會在這裡，您不是應該舊傷復發，需要好好休息治療嗎？」

「我晚上睡不著出來走走，結果就看到妳了。」

「那需要穿成這樣嗎？」才說她傻，她忽然又精明起來：「看起來好像準備做什麼壞事的樣子，再說散步也不可能散到這個地方來吧！」

「我迷路了。」

「原來是這樣啊！」

「對，就是這樣。」暮只能擺出「我是路痴」的表情：「現在很晚了，妳快點回去睡覺吧。」

「不行。」菲娜拒絕了她的提議：「我還沒有把公主殿下救出來呢。」

「妳根本沒辦法進去，還說什麼救人？」暮開始考慮把她敲暈的可能性有多大：「為了不連累雅希漠，妳還是乖乖回去睡覺，別惹那麼多事了。」

「那怎麼可以？我來這裡，就是為了救出公主。」菲娜拚命拉扯著手裡的斗篷：「不管怎麼樣，我都要把公主帶回去才行！」

「夠了。」暮終於完全喪失耐心，她一手掐住了那纖細的脖子，用冷酷的語氣恐嚇說：「不想受傷的話，現在就離開這裡。」

「我知道您是不會那麼做的。」

「為什麼？」那坦蕩的目光讓暮稍稍放鬆了力氣。

「雖然您外表看上去很冷淡，但內心卻很溫柔。」菲娜的笑容出奇燦爛：「在您救我的時候，我就感覺到了。」

妳是個很溫柔的人呢！

是誰？是誰說過這樣的話？

「您一定有辦法進去的，對不對？」菲娜趁著暮在發呆，用亮晶晶的眼睛盯著她，直到她點了頭：「那請您帶我進去吧！」

「不要開玩笑了。」暮驚醒過來：「妳以為這是一場沒有危險的遊戲嗎？」

「當然不是，可是我知道您有辦法帶我進去。」那個傻傻的菲娜，臉上的笑容居然有些陰險：「要是您不那麼做的話，我會讓每一個人都知道蒼穹之王趁著天帝大人不在的時候，想要偷偷溜進他住的地方。那樣的話，我想我們大家就都不用進去了。」

「有沒有人說過，妳是個很不一樣的精靈。」

暮有無數方法阻止或拒絕被這闖禍精纏上，但她並沒有那麼做。她非但沒有那麼做，甚至還帶上這個累贅，潛入了整個神界最不該亂闖的禁地。

「妳肯定自己可以感應得到嗎？」要在這麼大的地方找一個不知被關在哪裡的人，簡直就是一項浩大的工程。這個時候最能幫上忙的，就是天生感知能力發達的精靈族。這也是她為什麼願意帶著菲娜的原因，比起把宮殿徹底搜查一遍，這顯然有效率許多。

「妳為什麼能夠使用法術？」菲娜還沒從自己看到的事情裡回過神，她呆呆地問著：「妳不要否認，我看到妳用了，可是妳為什麼能用？」

「那不算法術，只是一個不入流的小把戲。」暮不太願意回答這個問題：「把它忘了吧，反正不是什麼重要的事情。」

「不入流的小把戲？」菲娜歪著頭又問：「不知道天帝大人聽見了，會怎麼想呢？」

「他不會知道。」暮瞪了她一眼：「我以為妳進來，不是因為想在這裡發表感慨。」

「好吧！」菲娜顯得很興奮，或許該說她興致高昂：「看我的！」

「我要找的是男性，擁有風族的血統……不，或者沒有……」暮停了一會，然後接著說下去：「應該是被囚禁在這座宮殿的某個角落，他擁有非常特殊的力量，應該很輕易能夠感覺得到。」

菲娜閉著眼睛，呼吸變得長而緩慢，暮知道她正在借由存在於空氣中的自然元素，探測和尋覓周圍的情況。

精靈族可以說是神族的前身，和使用自身精神能力的神族不同，他們擅長利用自然的力量。而一味地追求自身極限、對於身邊的一切視而不見的神族，到底是進步還是退化的產物呢？

不明白自己為什麼會有這樣的想法，暮感覺有些茫然。身為三眾聖王之一，她是處在神族頂端的一員，現在卻在質疑這種問題，這不得不說是一件很奇怪的事情。

「是的，的確像妳說的那樣。」暮覺得過去了很長的時間，事實上菲娜很快就睜開了眼睛：「一個非常特別的囚犯，的確有這樣的人存在。」

「他在哪裡？」暮的心多跳了兩拍：「除了這個，還有什麼？」

「暮大人，您先不要急。」菲娜的臉色出奇凝重，暮差點以為她要告訴自己什麼糟糕的消息：「在我告訴您他在哪裡之前，還有一件事情我需要您的說明。」

「什麼事情？」暮有一種不好的預感。

「能不能請您和我一起去找我們的公主殿下？」菲娜幾乎要哭出來了：「雖然我找到了妳說的那個人，但我找不到我的公主。」

「為什麼會這樣？」暮也愣了一下：「她不是應該在這裡面嗎？」

「我怎麼會知道嘛！」菲娜真的哭了出來：「我們殿下為什麼不在這裡？她到哪裡去了？她出了什麼事情啊？」

「妳哭什麼？」暮覺得非常頭痛：「天帝離開之後，整個宮殿就關閉了，侍官和隨從們都不得進出，就連找人問問都很困難，不然的話我為什麼帶妳進來？這麼大的地方，繞一圈都要花很長的時間，如果一間一間去找，妳覺得來得及嗎？」

「就算來不及，我也要試試看，說不定就能被我找到了！」

「別太天真了，妳既然沒辦法感應到她，說不定她根本就不在這裡。」暮無奈地說：「我們留在這裡的時間越短越好，我能做的就是幫妳進來，至於找人，我沒那個本事。」

「暮大人，妳幫幫我好不好？」菲娜又扯住了她的斗篷：「我知道妳可以的！妳看妳都可以潛入天帝大人的結界，一定也可以找到我們公主的！」

「這兩者之間有什麼關係嗎？」

「暮大人，要是妳不幫我的話，我也不要幫妳了！」

「我知道了，這之間還是有點關係的。」暮把自己的斗篷從那個陰險的精靈手裡搶了回來：「我試試看，可是不保證能夠找得到。」

「暮大人，您真是個好人！」菲娜立刻雙手合十朝她膜拜：「您是我們一族的恩人呢！」

「不用了。」暮又好氣又好笑地看了她一眼：「精靈族之所以能從最古老的時代傳承下來，看來也許是因為性格的關係。」

「您說什麼？」

「沒什麼，我們快走吧。」

「啊？」菲娜驚訝地問：「您難道不用法術嗎？還是您知道我們公主在什麼地方？」

「這個地方是不能使用法術的，我也不知道妳的公主在哪裡。」暮揚起嘴角：「要成為天帝的妻子，還能在哪裡呢？只要從天帝的房間開始，在附近尋找就可以了。」

「是啊，我怎麼沒想到呢！」菲娜伸手拍了拍她的肩膀：「暮大人妳不早說，害得我擔心這麼久！」

「菲娜是嗎？」暮抓住了她的手。

「是啊。」遲鈍的菲娜終於感覺到異樣，她有些猶豫地問：「怎麼了？」

「我可能沒有傳言中的那麼殘暴血腥，甚至對妳很和善，那是因為我喜歡妳這樣單純直率的孩子。」暮微笑著把她的手放回她的身邊：「但是妳別以為，我的喜歡是沒有限度的容忍。」

輪廓優美的嘴唇在白石明亮的反光中綻開笑容，蒼穹之王身上和其他神族總是不太相似的感覺，在這一刻忽然異常地鮮明起來。菲娜看著她，直覺地往後退了一步。

「天帝大人住在這種房間裡，還真是合適。」拒人千里的雪白以及象徵聖潔的銀色，也只有這樣的顏色才能烘托出高高在上、無人可以任意靠近的地位。暮在空曠的房間中轉了一圈，冰冷和孤寂只用一瞬就占據了她的知覺。她用很輕的聲音問：「他就不會覺得孤獨嗎？」

「暮大人，公主不在這裡面。」菲娜有些畏縮地喊她：「我們是不是要去別的地方找找了？」

「妳在鄰近的房間裡找吧。」暮站在那裡閉上眼睛：「我想在這裡待一會。」

自從她嚇唬過菲娜之後，菲娜就好像開始有點怕她。現在也是忙不迭地答應了以後，就一個人走了出去。

【第十八章】

暮的笑容淺得像是不存在，她不知道自己為什麼站在這裡，頭腦還是一片空白。所以她要好好地、仔細地想一想，到底是什麼地方不對勁。

這是什麼地方？這裡可是神界帝王的房間。要是她曾經來過，才是真正奇怪的事情。但偏偏從暮走進這個房間的第一步開始，她就感覺自己像是什麼時候到過這裡一般。這個明亮高貴卻冰冷的房間，似乎是她記憶深處介於遺忘和深刻之間的畫面，那麼陌生又那麼熟悉……

菲娜輕巧的腳步聲正往這裡走來，但聽起來有些凌亂，恐怕是發現了什麼。她可能找到了她要找的公主，不知道她會用什麼辦法帶走那個公主，又有什麼辦法在屬於天帝的神界躲藏起來。

這種異想天開的念頭，實在是太天真了。不過，也算有趣。

「暮大人，我找到了！」菲娜的語氣不只說不上驚喜，甚至充滿了慌張不安：「可是……可是……」

躺在床上的少女有著淺色的長髮和精緻的五官。雖然蒼白而憔悴，卻絲毫沒有折損她的美麗，反而增添了幾分楚楚可憐。那麼純淨無瑕，就像最嬌美的花朵一樣，難怪說她是純潔的光明公主。

說不定，天帝也是愛著她的。這個念頭突如其來地鑽進了暮的心裡。

「不是死了，公主殿下好像睡著了！」菲娜急得有些語無倫次：「可是我怎麼喊她，她都醒不過來！」

暮拉下了遮在臉上的斗篷，慢慢走到床邊。她定定看著躺在床上的那位公主，想要伸手摸摸她，卻又半途縮了回來。

「暮大人、暮大人！」菲娜看她一直發呆，焦急萬分地問：「您知不知道公主殿下她到底是怎麼了？」

「是某種法術。」暮眨了一下眼睛，努力打起精神：「一時之間我也不很清楚，不過照情況看，還是不要隨便移動她比較好。」

「您的意思是，我不能把公主從這裡帶走嗎？」

「如果妳不想冒險的話。」暮輕描淡寫地說：「誰知道這是不是天帝大人為了防止新娘失蹤，而故意安排的呢？」

「天帝大人不是喜歡我們公主，要娶她嗎？又為什麼要讓她昏迷不醒呢？」

「也許就是因為喜歡吧。」暮差點無法掩飾自己的嘲諷。

「是嗎……」

「當公主睜開眼睛，命運從長眠中甦醒，一切就要發生改變。唯有得到她的眷戀，才能擁有新的世界。」一個暮很陌生的聲音從她們身後傳來。

「吉亞大人！」菲娜轉過身去，立刻變得非常緊張：「您怎麼會在這裡？」

「吉亞大人？」暮一聽菲娜的稱呼，就知道來的人是誰了：「你說的這些，能夠解釋精靈公主為什麼會這個樣子嗎？」

「不能，不過也算是一切癥結所在吧。」被菲娜稱為吉亞的男人從門外走了進來：「我相信暮大人您一定會同意我的看法。」

「吉亞大人是嗎？」吉亞是雅希漠的心腹，也是清泉城的上任城主，更是個出名難纏的人物。暮告訴自己，不能對這個人掉以輕心：「在這裡見到你，還真是教人感到意外。」

「可是我看暮大人的樣子，好像不怎麼驚訝。」

「不，我很驚訝。」暮慢慢地轉過身：「我聽說你前些時候，因為犯了嚴重的過錯，丟了清泉城城主的位子。在這個時候，你非但不好好反省，還到這裡來找自己的麻煩，我怎麼能不驚訝呢？」

吉亞有一張親切和善的臉，很容易就能博得別人的好感，但暮卻知道這只是表面。能成為雅希漠的左膀右臂，吉亞絕對不是那些可以等閒視之的角色。

「暮大人真愛開玩笑。」吉亞對暮笑了笑，然後走過來對躺在那裡的精靈公主說：「小美人，妳看上去真淒慘。不過再怎麼淒慘，至少妳還在這裡，可是他現在卻不知道怎麼樣了……」

吉亞的臉上帶著一絲奇特的憂鬱，讓暮忍不住多看了他幾眼。

「你們認識？」暮若有所思地問。

「說不上，只能說曾經見過一面，那個時候我們都不知道對方的身分。」吉亞嘆了口氣：「不過沒想到，會在這樣的情況之下再次遇到。」

「是戀人啊。」暮挑了挑眉毛。

「怎麼可能。」吉亞捂著嘴笑了出來：「她可是天帝大人未來的妻子。」

「如果不是呢？」

「您放心好了，就算她不是，我和她之間也完全不是那樣的關係。」吉亞停下笑意，變得認真起來：「不過您就不好奇，不想知道我是怎麼能不觸動結界，順利進來這裡的嗎？」

「沒什麼好奇怪的。」暮扯動嘴角：「那個叫蘭斯洛的人類，根本不把天帝的結界放在心上，一定是有把握可以進得來的。你想進來，而他需要有人幫忙，不就是這樣嗎？」

「不愧是暮大人。」吉亞鼓起掌來：「蘭斯洛先生，果然被你猜中了。」

「我早就說了，沒有什麼能夠逃過蒼穹之王的眼睛。」從外面走進來的，不是蘭斯洛還會是誰：「她怎麼可能猜不到是我把你帶進來的？」

「厲害的是你才對，你只是用了三言兩語，就讓我自動地跳進這團混亂。」暮輕哼一聲：「不知道你接下來，希望利用我為你做些什麼呢？」

「妳總是這麼防備著別人嗎？」蘭斯洛靠近過來：「難道說在妳眼裡，周圍的所有人都只會利用妳嗎？」

「等你處在我這樣的位置，你就會發現周圍只剩下依附和利用。」暮冷笑著回答：「或者有一些不同的東西，但你分辨不清的時候，又怎麼會輕易相信呢？所以，有也就等於沒有了。」

「我沒有那麼想過，我只是告訴妳我知道的事實，相信妳很快也就能證實我所說的話。」蘭斯洛倒是沒什麼被羞辱的反應：「我也說過了，我到這裡來就是要找一個人，沒有什麼其他目的。」

「你也是來搶新娘的？」

「不，雖然好像有點過分。」蘭斯洛低著頭，看向雙目緊閉的精靈公主：「但我來找的不是晨輝。」

「晨輝？」暮疑惑地重複了一遍。

「那是公主的名字。」回答她的是菲娜：「這名字是人類的詞語，意思是『出生在晨曦的光輝之中』。」

「晨曦的光輝？」暮喃喃地說：「真是個好名字。」

「對某些人來說，這是個殘酷的名字。」蘭斯洛的頭依然低垂著，他的聲音聽上去很沙啞：「雖然我知道這不是妳的錯，可是我永遠都沒辦法忘記她那個時候的表情。妳可能沒辦法體會，她所受的傷害有多深……」

「對了，你一直不願意告訴我你要找的是誰，現在應該也沒有隱瞞的必要了吧？」吉亞問蘭斯洛：「說不定那個人我們都認識。」

「我找的，是我所愛的人。」蘭斯洛的臉上，有了一絲遙遠恍惚的笑容：「她叫暮音，風暮音。」

「等一下，你說你找的人叫什麼名字？」吉亞忽然激動起來，他一把拉住了蘭斯洛：「暮音？是這樣念嗎？」

「的確是這樣念的。」蘭斯洛的震驚不比他少：「難道說你認識她？」

「她是女的？」看到蘭斯洛點頭，吉亞眼睛瞪得都要掉出來了：「你確定嗎？」

「她當然是女性，這有什麼好確定的？」

「可是……我知道的暮音，他明明就是……」

「你等一下。」蘭斯洛從衣服裡找出了什麼遞給吉亞：「我有她的照片，你看。」

「真的是她。」吉亞的表情很有趣：「她居然……這怎麼可能？」

「出了什麼事？」他們你一言我一語的，暮有點看不懂了。

「我不知道，好像和他們要找的人有關吧。」菲娜歪著頭：「不過聽起來好像又不是同一個人……」

「妳管那麼多做什麼？」暮笑吟吟地看著她：「倒是妳也應該要告訴我，我找的人在什麼地方了吧。」

「這個……但是公主她……」

「菲娜，妳的公主殿下和我沒什麼關係，」暮一邊彎腰，一邊和氣地說：「不過要是我生氣起來，接下來會變得和她有什麼關係我也不確定，希望妳到時候不會後悔。」

「妳想做什麼？」菲娜緊張地盯著她的手。

「妳可以猜猜看。」暮把手放到了公主的脖子上：「我想妳應該能夠猜到的。」

「我們的公主可是天帝大人的妻子。」菲娜現在倒是肯面對現實了：「妳不能殺她！」

「我也沒有想殺她，只是要讓她承受一點點痛苦，就好像我現在的感覺一樣。」暮很清楚怎樣的表情更有說服力：「反正她現在什麼都不知道，妳也不用為她感到難受。」

她慢慢收攏手指，冷眼看著那乾澀的嘴唇慢慢發紫，菲娜過來想要拉開她，被她輕輕一推就推出去很遠。

「吉亞大人！」菲娜轉而向吉亞求救：「你快點阻止暮大人，她要殺了公主殿下啊！」

「暮大人知道分寸，她不會傷害公主的。」吉亞根本沒心情理會她，隨口敷衍了一句，就繼續和蘭斯洛說話。

眼看著公主殿下臉都青了，菲娜終於妥協：「我說就是了，妳快點放開公主啦！」

暮滿意地點點頭，把手從精靈公主那纖細的脖子上拿開。菲娜大大地鬆了口氣，緊接著就用一種敵視的目光死瞪著她。

「說啊。」

「就在那裡啦！」菲娜心不甘情不願地用手一指。

「別這麼籠統。」暮把她拎到了她指向的那扇窗前：「到底是什麼地方，麻煩妳說清楚一點。」

「就是對面，可以看得到的那扇窗戶啊！」菲娜氣鼓鼓地告訴她：「妳找的那個人就在那扇窗戶後面啦！」

「這樣不是很好嗎？」暮放開她，幫她整理了一下衣服：「要是妳早點說出來，我就不需要這麼做了。」

「妳好過分！我還以為妳是個好人！」菲娜咬著自己的嘴唇，還在抱怨：「妳不幫我就算了，為什麼要這麼殘忍？公主她已經很可憐了，妳還這麼欺負她！」

「雖然是妳說話不算話，但我也有錯。」暮用自己的斗篷幫她擦了擦眼淚：「因為我不想被說成是欺負小動物，才會浪費這麼多的時間，結果兜了這麼一大圈，到最後還是只能用暴力解決問題。」

「妳怎麼能那麼用力掐她？」菲娜拉過她的斗篷，洩憤似地一陣猛擦：「公主殿下一定很難受吧？妳看她都哭了！」

暮的笑容一僵，迅速地回過頭。

一滴眼淚正從精靈公主閉合的眼中流淌出來，那晶瑩的淚水沿著她的臉頰滑落，順著耳際滑進了她的衣領。

「這是……」

房間裡另兩個一直在不停說話的人，幾乎是同一時間，不約而同地停了下來，大家的目光再次匯聚到靜靜躺著的那位公主身上。

「怎麼了？」菲娜感覺到忽然凝重起來的氣氛，忍不住緊緊地拉著身邊的暮：「出了什麼事？是不是公主她有什麼不對？」

「這怎麼可能呢？」暮往前走了幾步：「她為什麼……」

她看了一眼身邊聚精會神聽自己說話的菲娜，誰也沒看清楚她是怎麼做到的，下一刻菲娜已經閉著眼睛往下軟倒。

「我覺得這樣比較方便談話。」暮扶住了菲娜，把她放到旁邊：「看你們的反應，應該知道這是會逐漸衰竭死亡的禁咒。」

「是的，我知道。」第一個回答的是蘭斯洛。

「你又是怎麼知道的？」吉亞小心仔細地審視著暮：「我還以為，這是難以分辨的。」

「我有我的辦法，你不需要知道。」她在一開始，的確沒能看出來這是什麼法術，但她很快注意到了不尋常的地方，讓她聯想起某些隱祕的忌諱：「我很清楚這種禁咒的效力，也能確定自己沒有弄錯，所以你們兩位能不能為我解釋一下，為什麼會有這種情況發生呢？」

禁咒和禁術是完全不同的概念，那是曾經叛逃神界的神族所創造的咒術，因為充滿了不可逆轉的黑暗色彩，所以一直以來在神界被嚴令禁止使用。加上懂得使用的人非常少，經過很長一段時間之後，這種禁咒的使用方法應該已經沒有人知道了。所以她發現之後，幾乎懷疑是自己的判斷哪裡出了差錯。

「看情況，她意識受損的程度已經很嚴重了，照理說，不可能有任何的自我意識反應。」真不知道天帝到底是怎麼想的，居然對未來的妻子下了這樣無法挽回的禁咒：「哭泣這樣激烈情緒的表現，應該是完全不可能做到的。」

「連蒼穹之王都不明白的事情，我又怎麼會知道呢？」吉亞看著蘭斯洛：「你呢？蘭斯洛先生，你能解釋這種現象嗎？」

「不，我不清楚。」蘭斯洛並不熱切：「我只是聽人說了，才知道有這回事。」

「兩位和公主不是舊識嗎？」暮有些輕蔑地看著他們：「這樣的表現未免讓人為她感到傷心。」

「妳既然知道這種禁咒，就應該比我更清楚，救她這種事情，已經完全沒有意義了。」蘭斯洛說出自己的結論：「基本上，她只是一具還活著的屍體。」

「活著的屍體，這形容是貼切還是冷酷呢？」暮嘆息著：「我聽說人類是感情最為激烈衝動的種族，但看你的表現怎麼不太像啊。」

「人類也不全都是一樣的，可能我恰巧屬於比較冷血的那一類。」

「如果說，換成是你要找的那個人躺在這裡，你還能說出這麼冷酷的話來嗎？」

「那不一樣！」蘭斯洛的臉色有些變了：「暮大人，我不希望妳用她來開這種玩笑。」

暮笑著正要開口，忽然有淡淡的光芒，同時從她和精靈公主的身上散發出來。

「讓我們看看……」暮從精靈公主的頸邊，抽出了用銀鍊繫著的發光物。她看清之後，不免有些錯愕：「這是……聖石嗎？」

那剔透的星辰形狀晶石，再清楚不過地昭示著，這是一塊神聖者水晶。暮從自己的身上取出了另一塊幾乎一模一樣的透明晶石，發現它果然也在發著光。

「真沒想到，居然有兩塊聖石。」她驚訝地看著蘭斯洛：「你能說說看，這又是怎麼回事嗎？」

「我不知道。」蘭斯洛依然這麼回答：「恐怕只有他能回答妳這個問題。」

暮知道他說的是上一任蒼穹之王，想到不需要多久就能知道答案，也就不再追問下去，準備把兩塊聖石放回原位。

「我記得神聖者水晶的記載。」吉亞一直在旁邊看著，直到這個時候才開口說話：「好像在什麼地方看到過，說是有著許多神祕的力量。據說其中的一種，就是能保留一部分的意識和記憶。」

吉亞的博學在神界非常出名，他說出來的話當然有足夠的根據。

「對她使用了剝奪意識的禁咒，卻又把這樣的東西放在她身邊，的確很有趣不是嗎？」暮把水晶放回公主的胸前：「天帝大人的想法，果然是我們這些人難以理解的。」

「等一下，」吉亞忽然在旁邊問了一句：「那是什麼？」

暮和蘭斯洛順著他的視線看去，發現在精靈公主胸口的那塊聖石上，有一個小小的暗色瑕疵。仔細看過之後，又好像不是瑕疵，只是在其中某一個尖銳的稜角上面，有些……

「是什麼？」暮重新把它握到手裡，不怎麼確定地說：「好像是……血跡嗎？」

她不是很確定，因為神聖者水晶的本質極為純淨，按理說任何不潔淨的東西都不可能沾在上面。

「給我看看。」蘭斯洛也彎下腰。

暮把晶石托在手心，蘭斯洛伸手去拿，而就在這一瞬間——

在吉亞看來，他們兩人只是愣了一下，接著蘭斯洛就僵在那裡不動了。

「怎麼了？」蘭斯洛背對著他，所以吉亞看不到蘭斯洛的表情。

「沒什麼。」暮直起身子，非常平靜地對他說：「吉亞大人，我看你最好還是先把菲娜送出去，接下來最好讓她安靜一點，直到離開聖城為止。這對我們大家都有好處，你說對嗎？」

「我明白了。」吉亞跟著進來，多半也是因為菲娜：「同樣的錯誤，我不會再犯第三次了。」

蘭斯洛也慢慢地站直，卻沒有回頭也沒有移動。

「我的確該走了。」吉亞察覺到了不尋常的地方：「你們一個是蒼穹之王，一個和天帝大人關係非同一般，到這裡來想必是有重要的事情需要處理，我就不打擾兩位了。」

【第十九章】

Lies and Love

吉亞帶著昏睡的菲娜走了出去，房間裡只剩下暮和那個叫蘭斯洛的、來歷不明目的不明的人類。

「什麼叫做和天帝大人的關係非同一般？」等了很久，暮都沒有等到答案。她捂住嘴咳了幾下，然後說了聲：「你的臉色很難看。」

蘭斯洛沒有說話也沒有移動，有一張紙片從他手指間滑落下來，暮彎腰撿了起來。

「你看到了，是嗎？」她繼續等了一會，卻發現蘭斯洛一點都沒有恢復的跡象，不得不開口問道：「你說要找的戀人，就是那個人嗎？那個……被天帝大人……就是這上面的……」

那些話真的很難說出口，暮不知道該怎麼繼續下去，只能再一次閉上嘴。

在那一瞬間，他們同時看到了被聖石保存下來的一幅畫面。

雖然只是一幅畫面而已，但已經能清楚地知道出了什麼事。到處都是紅色的鮮血，貫穿纖細身體的長劍被握在天帝的手裡……照暮的經驗來看，那種程度的傷也許不會立刻致命，但在這個根本不能使用治癒或防禦法術的地方，情況就變得很難說了。最重要的一點，天帝要殺的人，怎麼可能還有活下去的機會？

蘭斯洛顯然也很清楚這一點，所以他才會……

「我又錯了，為什麼我總是這麼自以為是？」蘭斯洛長長地吐出一口氣，他吐氣的聲音是顫抖的，說話的聲音卻意外平穩：「為什麼？為什麼我會認為他不可能對暮音下手？我憑什麼這麼認為的？」

「蘭斯洛……」

「她死了，是嗎？」蘭斯洛打斷她：「諾帝斯把她殺了，對不對？」

暮看了他很久，然後點了點頭。

「真可笑，這真是太可笑了！」蘭斯洛有些失控地笑了出來：「諾帝斯，你這可笑的蠢貨！你到底幹了什麼？你居然殺了她，你怎麼能殺了她呢？」

雖然暮覺得這話有點過分，但礙於現在自己好像沒什麼反對的立場，所以她也只能保持沉默。

「你怎麼能這麼做？」蘭斯洛閉起眼睛喃喃自語：「你應該知道的，她是那麼地那麼地……」

「那個，蘭斯洛，我想……」暮考慮著怎麼能讓他冷靜一點。

「聽到他這麼罵我，妳覺得很愉快嗎？」

聽到這個聲音，暮的眼角一陣急跳。修長有力的手掌搭在她的肩上，銀色髮絲擦過她的臉頰，帶來一陣冰冷的觸感。

「最近看到我，妳好像都不怎麼高興。」諾帝斯的聲音獨特而動聽，但這個時候，暮實在沒有心情欣賞：「或者是我誤會了？」

「怎麼會呢？」她拚命想著是什麼地方出了差錯：「您一定是誤會了。」

「暮，雖然妳有時候聰明狡猾得讓我吃驚，」諾帝斯輕輕地拍了拍她的肩膀：「但妳要知道，所有的一切，都掌握在我的手裡。」

他說完之後把手拿開，暮才發現自己流了一手的冷汗。

「諾帝斯，你做的好事。」蘭斯洛和諾帝斯冷眼相對：「告訴我，這是為了什麼？」

暮沒想到他區區的一個人類，居然有和天帝對峙的勇氣，不免感到有些驚奇。

「蘭斯洛，你怎麼學不乖呢？」諾帝斯不無惋惜地說：「只要你安安分分的，我本來不想把你怎麼樣，可是你偏偏跑到這裡來，不就是想要徹底毀了你擁有的一切嗎？」

「我有什麼？」蘭斯洛嗤笑著：「我以前或許還擁有她，但現在你殺了她，我還有什麼呢？」

「你還是為她背叛了我，實在太讓我失望了。」

「明知道她深愛著你，你卻還是殺了她。」蘭斯洛用一種怨毒的聲音，像是在念著沒有聲調起伏的詛咒：「諾帝斯，你這個冷血的怪物，你親手殺了這世上最愛你的人，遲早有一天，會為此付出代價的。」

「暮，替我殺了這個無禮的人類。」諾帝斯轉過頭：「那樣的話，我可以不追究妳今天晚上擅自闖進這裡的事情。」

暮愣了一下，不明白為什麼諾帝斯把他和蘭斯洛之間的恩怨，忽然扯到自己身上。

「怎麼了？別告訴我妳不願意。」諾帝斯把她的猶豫看在眼裡：「暮，妳也想背叛我嗎？」

「您言重了，我只是不明白，您為什麼要讓一個人類玷汙您的宮殿。」暮順從地低著頭：「不如您把他交給我，我一定會遵從您的意思好好處置他的。」

「把頭抬起來。」

暮按照他的命令抬起頭，臉上還保持著笑容。

「別以為我不知道妳是怎麼想的。」諾帝斯很輕很慢地問她：「妳想要救他，是嗎？」

「天帝大人。」諾帝斯銳利的目光刺痛了她，她強裝出來的笑容立刻撐不下去了：「我根本就不認識這個人，又怎麼可能有這種想法呢？」

「不認識？蒼穹之王，需要我提醒妳嗎？」諾帝斯的目光越發冰冷起來：「難道妳真的忘了，在宴會上、在馬車裡，你們兩個談得如此熱烈，說一見如故還勉強可以，說不認識就有點虛偽了。」

暮的心往下一沉。

「我說過了，別以為我什麼都不知道。」諾帝斯看到她臉色大變，心情似乎有些好轉：

「我說了讓妳安分一點，只可惜妳好像沒聽懂。」

暮再也說不出話來。

「妳不想殺他，我也不勉強妳。」他的目光隨即瞥向蘭斯洛的方向。暮知道他是要親自動手，所有的神經立刻緊繃了起來。

諾帝斯手一揚，一道閃亮光芒瞬間朝著蘭斯洛衝去。

噴濺而出的鮮血，頓時在白石地面上形成了一幅豔麗的圖畫。

「妳……」蘭斯洛張大眼睛，難以置信地看著擋在自己面前的暮。

「天帝大人。」暮扶著自己受傷的肩膀，再一次為了他向天帝求情：「不過是一個卑微無知的人類，您何必跟他生氣呢？不如小小地懲戒也就……」

「暮，妳知道妳這麼做代表了什麼意思嗎？」看諾帝斯這時的表情，好像覺得她衝出來是一件多麼錯誤的事情：「妳要用自己的性命，來換他的嗎？」

「我知道我沒有權力這麼請求。」其實她原本沒打算衝出來救人，但身體就是比頭腦反應還快，她又有什麼辦法？「但我還是希望您能夠多加考慮。」

「妳是在求我嗎？」

「是的。」暮跪到了地上：「我請求您。」

「很好。」天帝走到了她的面前，聲音裡還隱約帶著笑意。

暮不怎麼想看他現在的表情，索性一直把頭低著。

「暮。」他伸手握住了暮的肩膀：「別以為我不知道，妳表面上對我恭恭敬敬，口口聲聲說著天帝大人，其實根本沒有把我放在眼裡。」

要是在片刻之前，打死暮都不會相信，天帝大人居然會和埃斯蘭那個惡劣的混蛋做相同的事情，他甚至……甚至比那傢伙還要用力。

「我不知道您在說什麼。」她痛得無以復加，好半天才擠出這麼一句。

「不要總是對我說這句話，妳知道我在說什麼。」

暮眼前開始發黑，終於忍不住悶哼了一聲。

「如果覺得痛，妳就應該記住教訓。」諾帝斯終於慢慢鬆開力氣：「別總是一轉眼就忘了。」

「天帝大人……」

「看在妳這麼拚命為他求情的分上。」他的臉上什麼表情都沒有：「我就暫時不殺他。」

「謝……」

「妳還要替他感謝我？」諾帝斯冷冷地哼了一聲：「或許人家根本不會領妳的情。」

暮只能閉上嘴，她知道自己這次真的把諾帝斯惹怒了。

「至於你，蘭斯洛。」諾帝斯的目光掃了過去：「你從什麼地方來，就回到什麼地方去吧。不過，這次我不但讓蒼穹之王親自送你一程，甚至把皮膚血肉都留給你，這樣你總沒話好說了吧。」

那一定不是在說人類世界，也一定不是指什麼好地方，暮能從蘭斯洛的反應看出這一點。她嘴唇動了一下，但忍住沒有多嘴。她很清楚自己今天失常的表現，已經不知為將來埋下了多少的禍患。至於蘭斯洛，能夠保住性命就已經是萬幸了，其他的她實在是愛莫能助。

「你果然很清楚我的弱點。」蘭斯洛一臉嘲諷的笑容：「不過我可以告訴你，也許那曾經是我的惡夢，但對現在的我來說，怎麼樣都無所謂了。」

「太好了，希望這是你的真心話。因為這一次你要在那裡待很長的時間，直到身體和靈魂都腐朽為塵埃為止。」

他們兩個人的眼睛，是一樣罕見的深邃墨綠，而說話的聲音，甚至連細微的表情，都依稀有幾分相似。蘭斯洛和諾帝斯的關係非同一般……暮的視線在他們身上來回移動，隱隱約約感覺自己忽略了什麼重要的東西。

「到底是什麼？」暮環抱著雙手，靠在窗前遙望天空：「我沒想到的，會是什麼？」

「怎麼辦怎麼辦？」薇拉不停在她背後繞著圈子：「這可怎麼辦啊？」

「什麼怎麼辦？」她被腳步聲吵得心煩：「薇拉，妳沒有別事情可以做了嗎？」

「大人，到了這個時候，您怎麼還一副事不關己的樣子？」薇拉看著她的表情，就好像她是天大的罪人一樣：「天帝大人還不知道會怎麼處理這件事，我們一定要想個辦法，順利度過這次危機。」

「是嗎？」暮好像就隨口問問：「那妳說該怎麼辦？」

「一定要好好表現，讓天帝大人不忍心責罰才行。」薇拉停了沒有多久，又開始走來走去不停轉圈。

「心？還要不忍？」暮慢吞吞地問：「他有那種東西嗎？」

「大人，這都什麼時候了！」

「薇拉，妳放鬆一點吧。」暮感覺薇拉的頭頂好像在冒煙，非常無奈地揮了揮手：「再煩惱也沒用，他想怎麼樣就怎麼樣好了。」

「大人您別忘了，您不止代表您自己，還代表了整個風族。您一直受到天帝大人的信任和重用，所以我們風族在三大神族之中，始終都是最具榮耀的一族。」薇拉走到她面前，用凝重的表情對她說：「現在您惹怒了天帝大人，誰知道接下來會變成怎樣無法收拾的局面。就算您不在乎自己，也要為我們一族多加考慮啊！」

「我明白了。」聽她這麼說，暮的臉色有些陰沉：「妳也不用這麼焦慮，可能我是把他惹火了，但他至少不會公開讓我難堪，畢竟我是他得力的爪牙，他還需要我為他辦事。」

「大人，您真的這樣想嗎？」

「雅希漠向來為他忌憚，而埃斯蘭野心太大，這兩個人都難以掌握。」暮面對著天空站在那裡：「只有我，我是他現在手裡最有用的棋子，他不會輕易把我毀掉的。」

「大人……」薇拉低著頭，輕聲地說：「有些事您並不知道……」

「薇拉，為什麼總是這樣看著我？」暮並沒有回頭，卻像能清楚看到背後的一切：「妳在可憐我嗎？可憐我什麼？」

「不，我只是為您和我們一族的未來感到擔憂。」薇拉慢慢地抬起頭：「大人，您就不要總是違背天帝大人，順著他的意願去做不是很好嗎？」

「順著他的意願，聽起來就像個傀儡。」暮的語氣裡帶著一絲不屑：「每一個人都戰戰兢兢地服從他，可是在他眼裡，恐怕所有的人都只是拿來利用的工具而已。」

「那您想怎麼樣？」薇拉的眼裡埋藏著深深的不安和憂慮：「為什麼？為什麼您總是一次又一次地違背天帝大人？在這樣下去，總有一天您會……」

「薇拉，有妳想的這麼嚴重嗎？」暮轉過身，暗淡的灰色長髮在風裡飛舞飄揚：「妳就好像在說，我一定會背叛他的。」

「您會嗎?」薇拉看著她,不期然地想起了過去那些事情。心裡有了一種沉重的哀痛,重得讓她幾乎無法負荷:「您會背叛他嗎?」

「我想說『絕對不會』。可是薇拉,我真的不知道……」

「大人。」門外傳來侍從的通報:「異瑟大人來了,他說天帝大人想要見您。」

暮離開窗口前,最後回頭看了一眼。白色的城市在她腳下無邊無際地延伸,就像一個毫不真實的夢境。

當暮推開門走進去,看到雅希漠和埃斯蘭都在場的時候,心裡的疑惑到達了頂點。三眾聖王一齊到場,這是什麼意思?

「我今天把你們都叫來,是有事情要宣布。」天帝坐在薄紗簾幕後,看不到他臉上的表情。

暮看了一眼在場的其他兩人,雅希漠朝她微微點頭,目光裡寫著擔憂,埃斯蘭則是十足等著看戲的樣子。看來對前兩天晚上發生的事情,大家多多少少都心照不宣。

「為了表示對創始之神的尊重,我決定這次的婚典需要特別獻祭。」

站著的三個人又對看一眼,確定相互都不清楚內情。

「不知道是什麼樣的獻祭?」雅希漠管轄的地界最為豐饒,獻祭向來都是由他負責,所以他開口詢問：「在神界能不能找到呢？」

「不在神界。」天帝慢慢悠閒地說：「我要代表起源與終結的黃泉幻惑之花，來作為獻給創始之神的禮物。」

三人聽到都是一愣。要知道天帝所說的黃泉幻惑這兩種花，只生長在夢域的黃泉之城。而黃泉之城是人類死者魂靈的歸屬地，從來沒有聽說神族可以踏足那裡。

「天帝大人，黃泉的魔神和我們神界一直往來不密。」雅希漠有些猶疑地開口：「要讓他向我們獻祭，恐怕有些困難。」

「我沒說要讓他獻祭，我只是想要兩朵花而已。」看到眾人鬆了口氣，天帝像半開玩笑地說：「再怎麼說，他都是獨一無二的魔神，連我也要尊稱他一聲『大人』，應該不會吝嗇這兩朵小花的吧。」

誰知道呢？那個性格古怪的魔神，有什麼做不出來的？雖然三個人心裡同時產生這樣的念頭，但也只能硬著頭皮說「是」。

「在等待暮回到聖城的這段時間，我的婚典就往後順延吧。」

「啊？」冷不防聽到自己名字，她一時還以為是耳朵出了什麼問題：「您說我？」

「我總不能隨便讓什麼人去處理這麼重要的事情啊。」天帝一句話堵死了她能想到的所有理由：「還是妳不願意為我去走一趟呢？」

「怎麼會呢。」一想到要和那個詭異的魔神打交道，暮的臉色實在好看不起來：「能為您辦事，是我的榮幸。」

「很好，你們可以走了。」天帝從座位上站了起來：「暮妳留下來，我還有話要單獨和妳說。」

雅希漠走過她身邊的時候，好像有很多話想和她說的樣子。而埃斯蘭則是故意拍了拍她的肩膀，說了聲「多多保重」。肩膀的抽痛讓她暗暗地抽了口冷氣，用力握緊了發顫的手掌。

「妳的傷怎麼樣了？」諾帝斯從簾幕後面走了出來。

看到諾帝斯伸手，暮想起了那天他的所作所為，本能地往後退了半步。

「看來妳記住教訓了。」諾帝斯看她這樣，一臉好笑地收回手。

「天帝大人。」暮又退了半步：「請問您還有什麼要吩咐的？」

「妳是在生氣嗎？妳知道我並不希望妳受傷，但妳實在太讓我失望了。」諾帝斯搖了搖頭：「過來，讓我替妳治療吧。」

「您不需要這樣。」暮再次往後退了一步：「是我自己犯了錯，這也是應該承受的教訓。」

「妳和人類合謀闖進我的結界，這不管怎麼說都是非常嚴重的事情。就算我想維護妳，恐怕也難以自圓其說。」諾帝斯向她解釋自己這麼做的原因：「我讓妳去黃泉之城，不是為了要懲罰妳。只是希望通過這種方式，平息這次的麻煩。」

暮抬起頭，錯愕地看著他。諾帝斯微微一笑，伸手把她拉到自己面前。柔和的光芒籠罩著兩人，暮能感覺到傷口漸漸癒合，疲倦慢慢地侵蝕了她的意識。

「我……」她微仰著頭，強打起精神。

「別說話，閉上眼睛。」諾帝斯美麗的綠色眼睛裡，映出了她的樣子：「很快就會好了。」

暮閉起眼睛，昏沉地靠在他頸邊。

「暮……」

微涼的手指掠過她的長髮，她舒服地應了一聲。

「妳恨我嗎？」

她睏倦的腦袋沒辦法消化這麼詭異的問題，只能發出一個代表疑問的尾音。

「也許妳說得對，我們永遠無法知道對方在想些什麼。」

胸口竄過撕裂的感覺，但她不願意從舒適的淺眠中醒來，只能用力抓住在髮際游移的手指，忍過這一陣疼痛。

「別忍耐了。」寬大的手包裹住她的，好聽的聲音對她說：「妳真是我見過的、最固執的笨蛋。」

她咳了幾聲，有一種鐵鏽的氣味從喉嚨嗆了出來。

「要是妳一直這麼安靜的話，也許我會不忍心……」

騙人……

她的臉頰貼在一片冰冷之上，輕聲地對自己說：「騙子……」

【第二十章】

Lies and Love

比起西方邊界和聖城之間的距離，夢域可能並不算遠。不過，如果要去那裡的話，可比在邊界和聖城來回幾趟都麻煩得多。

魔界和神界雖然說是兩個不同的世界，但其實存在於同一個空間，只是中間相隔著遙遠的距離。而夢域因為靠著汲取人類潛在的精神力量而存在，所以去往人類的世界，就成為了首要條件。

但要到人類世界，卻需要穿過連接兩個世界的靜默之門。那道靜默之門，起初是創始神為了聯繫自己相繼創造的兩個世界，所留下的唯一一條通道。但到了後來，這道門卻變成了混亂的開端。

不勝其擾的神魔兩界統治者，終於第一次停下爭鬥坐在一起，簽訂了停戰的盟約。對於如何處理這扇門，他們也達成了統一的意見，認為有必要關上這扇大門，以斷絕兩族和人類世界的往來。

雖然之後不久，戰火就在兩個種族間重新燃起，盟約也早已成為一紙空文。但對這扇門的處置方式，卻依舊很有默契地一直保留至今。

那已經是很久以前的事情了，對暮來說，人類世界只是一個空泛的名詞。她對這個世界的所有一切都毫無概念，以至於最終抵達的時候，她幾乎難以接受這個和自己想像中毫不相同的世界。

「你一定要來的地方就是這裡？」暮往四處看了看：「看起來好像沒什麼特別的。」

裝扮奇怪的人類數目驚人，到處都是很高的房子，她來到這裡之後，看到的就是這些。

「在神族眼裡，恐怕這個世界都是差不多的。」蘭斯洛問她：「妳應該沒有來過人類的世界吧。」

暮點了點頭。

「這是個不完美的世界。」蘭斯洛坐在路邊的椅子上，深深地呼吸了一口空氣：「到處都是擁擠的人類和他們製造出來的垃圾，妳一定很不習慣。」

「還好。」暮抬頭看著一旁的高樓：「我對人類並不瞭解。」

「這是神族的通病，對於和你們不同的種族不屑一顧。」蘭斯洛說完之後，立刻表示歉意：「很抱歉這麼說，但我就是這樣理解神族的。」

「沒什麼。」暮在椅子的另一邊坐下：「我和你的看法也差不多。」

「我不知道自己為什麼會這麼認為，但妳和他們是不同的。」蘭斯洛伸直雙腿，舒服地半躺著：「謝謝妳答應讓我到這裡來。」

「為什麼要來這裡？」她不明白為什麼蘭斯洛唯一的請求，就只是要來到這個地來：

「只是坐著就可以了嗎？」

「這樣就可以了。」蘭斯洛微笑著回答：「這是我第一次看到她的地方，確切地說，也許不是第一次，但我覺得這裡才是我們初次相遇的地方。我只是想來這裡看一看。」

「你很愛她嗎？」暮腦海裡浮現出那個死亡的畫面。

「她就像是我的夢想……也許這麼說很奇怪，但對我來說，她不僅僅是愛人，也是一個美好的夢想。」蘭斯洛似乎在自己的回憶裡，見到了那個孤單的身影：「那天下著雪，她一個人坐在這裡，像是被這個世界遺棄了。她那雙紫色的眼睛，看上去就好像……」

「紫色眼睛？」暮愣住了：「難道你說的愛人，是魔界的王族？」

「算是吧，她是魔王和人類生下的女兒。」蘭斯洛的臉上有著厭惡和嘲笑：「光明公主和魔王的女兒，愛情和仇恨，忠誠和背叛。那是一個醜陋的故事，包含著貪婪、自私、欺騙和一切世上最醜惡的東西。」

「你愛上了魔王的女兒？」暮沒想到讓他念念不忘的，居然是一個魔族。

「是的，她是魔王的女兒，可是她和妳知道的魔族完全不同。」蘭斯洛把雙手疊放在腦後：「就連諾帝斯那個無恥的騙子，恐怕也無法否認這一點。」

暮不以為然，只能保持沉默。

「我都忘了妳是神族的聖王。」蘭斯洛笑了一聲：「在妳眼裡，諾帝斯是完美的化身，怎麼可能有什麼缺陷。」

「他的確是一個優秀的統治者，但那並不代表他永遠不會犯錯。」她不清楚發生過什麼，也沒太大的興趣知道：「何況我一直覺得，完美本身就是一種缺陷。」

「像妳這樣滿腦子叛逆思想，怎麼成為蒼穹之王的？」

暮只是扯動嘴角，沒有回答這個問題。

因為她的外表顯眼，所以暮使用法術讓人類看不到他們兩個。而他們兩人不知不覺地，就在那張椅子上坐了很久，直到陽光漸漸隱沒，天空變得昏暗起來。

「好了，我們走吧。」蘭斯洛終於站了起來：「也該出發，去那個讓我的身體和靈魂都腐朽為塵埃的地方了。」

暮跟著站了起來。

「妳為什麼要救我？」蘭斯洛突然問她。

「救你？」暮沒有立刻明白他的意思，而是過了一會才反應過來：「你是說那天晚上，天帝大人想殺你的時候嗎？」

「我一直想不通，妳為什麼要冒險救我？」

「如果我知道的話，我一定會告訴你的。」暮很誠實地告訴他：「只是身體的反應比腦子還快，等我發現的時候，已經衝過去了。」

「我還是不明白。」蘭斯洛當然不怎麼相信：「不過算了，反正你們這些神族，都是一些奇怪的傢伙。」

「看來，你的人緣還不錯。」暮忽然抬起頭：「我是莫名其妙衝出去，從天帝大人手上把你救了下來，現在居然又有人趕來，想從我手上把你救走了。」

蘭斯洛這才發現身邊已經沒有其他生命，顯然是隔離界術造成的結果，他急忙跟著暮往上看去。

「精靈和神族的混血？」暮盯著空中越積越厚的雲層，問著蘭斯洛：「你從哪裡找來這少見的品種？」

「那是軒轅家的孩子，也是上一任風神身邊的人。」見暮挑起了眉毛，蘭斯洛又說：「她沒什麼惡意，妳讓我和她說兩句就好了。」

蘭斯洛話剛說完，天上的雲層裡就飛下來一個孩子。

「放開蘭斯洛先生！」那孩子在半空停下，朝暮大聲喊著。

暮看了看自己和蘭斯洛之間足有一公尺的距離，覺得這個要求難度很大。

「西臣小姐，別鬧了。」蘭斯洛擋在她和那個孩子之間：「我沒什麼事，暮大人也不是我們的敵人。」

因為嘴巴抿得很緊，西臣右半邊臉上的梨窩深陷了進去。

「這次又是神族和人類的混血嗎？」暮把頭轉往另一個方向，對著空無一人的地方說：「沒想到這個世界，倒是有很多新奇的東西嘛。」

「這位暮大人，是神界的神族嗎？」慢慢顯現身影的男人，有一隻眼睛是暗沉的金色：「果然不簡單，一眼就看穿了我的小伎倆。」

「你過獎了。」暮謙虛地點了點頭，絲毫不介意給予讚美：「你的結界法術非常出色，就算在神族中也很少有人能做到這種程度。」

「賀文？」蘭斯洛很吃驚：「為什麼連你也在這裡？」

「蘭斯洛先生，難道你忘了自己是我的老闆嗎？」叫賀文的男人拿下鼻梁上的眼鏡，慢條斯理地擦了起來：「要是你出了什麼問題，公司很快就會倒閉，我一家就只能喝西北風了。」

「很抱歉，我沒能把暮音帶回來。」蘭斯洛笑得難看至極：「她……諾帝斯殺了她。」

「你說什麼？」旁邊的西臣聽見之後一臉呆滯：「你是說暮音小姐她……」

「是嗎？最終還是變成這樣了啊。」賀文低下頭，長長地嘆了口氣。

沒有人開口說話，氣氛頓時從劍拔弩張變成一片慘澹。暮看他們好像打算耗很久，索性又在椅子上坐了下來。

「這是怎麼了？」打破沉默的是第五個人的聲音：「不是來這裡歡迎蘭斯洛先生平安歸來嗎？怎麼大家一個個都拉長臉了呢？」

看到有人就像是散步一樣邁著悠閒的步伐，從路的那頭慢慢走了過來，暮的臉色終於變了。

就像暮先前說的那樣，這是個令人驚嘆的結界。她敢說，就算神界擅長結界法術的優秀術師們，也未必能比這個人類和神族的混血後裔做得更好。

早在結界成形之初，暮就感應到了結界中只有他們四個，其餘的人事物都被隔離在了界外。但她怎麼都沒想到，在這個近乎完美的結界之中，突然闖入了第五個人。

說是闖入可能不太確切，更確切地說，這個人就像是結界的一部分，或者說，他就像從結界中獨立分離出來的一部分。在這個人開口說話之前，暮甚至沒有發覺他的接近。要不進行破壞就徹底融合到這個結界中，就算是她也很難做到。

暮越想越覺得心驚，她仔仔細細地打量著這個不速之客，猜測著他的來歷和目的。

他穿著白色的外套，淺棕色的頭髮非常柔順，烏黑的眼睛有些朦朧卻又明亮。長相俊美卻不張揚，笑容親切得就像認識多年的朋友。

「暮大人。」他走過來之後，首先向暮打招呼：「看來我今天還真是幸運，居然能在這裡見到神界赫赫有名的蒼穹之王。」

對方一眼就看出了她的身分，這讓暮覺得更加吃驚。而且她發覺這個人的身上似乎……她想了想才說：「我們好像並沒有見過。」

「我是……」

「M醫生？」賀文打斷了他們，暮看到他瞪大了眼睛，一臉吃驚地盯著那個什麼醫生。

「賀文先生，好久不見。」M醫生笑著點頭：「時間過得真快，一轉眼已經二十多年過去了。」

「你果然一點都沒變。」賀文從頭到腳把他看了一遍之後說：「怪不得暮音說你可能是妖怪之類的東西。」

「那位小姐太聰明了，我在她面前也總是小心翼翼，生怕說錯話。」他聳了聳肩：「可惜她已經不在了，我還是很喜歡她的。」

「你來這裡做什麼？」

「我來看看殉道者最後的下場。」M醫生朝問話的蘭斯洛眨了一下眼睛：「看來哪怕愛情是世上最毒的毒酒，你也已經決定把它喝完了。」

「很抱歉讓你失望了。」蘭斯洛冷哼了一聲：「我始終是一個沒什麼雄心壯志的窩囊廢。」

「不要這麼說。」聽到他的說法，M醫生笑得更開心了：「我們永遠在追尋那些無法得到的東西，可當得到了其中之一，就會覺得另一樣更加珍貴。所以，我們才會變得反覆無常。暮大人，妳說是嗎？」

「很抱歉。」暮站起來和他四目相對：「我恐怕不太明白您的意思，神司大人。」

「神司大人？」叫西臣的孩子捂住嘴驚呼起來：「怎麼可能呢！」

「這不是夢域魔神的名字嗎？」賀文也很吃驚：「M醫生你是魔神嗎？」

「還會有誰？」看來蘭斯洛早就知道了：「魔神，夢神司，M醫生，一直以來就是同一個人。」

「我就知道瞞不過妳。」被暮拆穿了身分的M醫生，非但沒有一點驚訝，還對她說：「妳已經開始學會不被假象迷惑了。」

「神司大人。」暮知道他性格奇怪，最喜歡故弄玄虛，索性開門見山地告訴他：「我正要去夢域找你，能在這裡遇到實在太好了。」

「我只是想知道。」M醫生一臉興味：「諾帝斯這麼做，是『故意』還是『刻意』呢？」

「什麼故意刻意？」暮皺起眉頭：「您是什麼意思？」

「暮，我突然想到了一件很有趣的事情。」M醫生打了個響指：「一起來黃泉之城吧。」

「什麼？」暮還沒來得及聽清楚，就發現四周的空間開始扭曲。沒想到他動作這麼快，暮有點慌張起來：「你要做什麼？」

「諾帝斯不是要黃泉幻惑嗎？」M醫生轉過身：「妳到黃泉之城來拿吧。」

他手中忽然多出了一張面具，把面具戴到臉上之後，他的外表就完全改變了。黑色的衣服，華麗的手杖，和黑暗融為一體卻又閃閃發光，這才是黃泉之城主人真正的樣子。四周一片漆黑，就好像忽然到了另一個世界。除了背對著她的夢神司，暮看不到其他人的蹤影。

「等一下。」暮很清楚在一眨眼的時間裡發生了什麼：「神司大人，我還有另一件重要的事情要辦，現在暫時不能到黃泉之城作客。」

「讓蘭斯洛回到迷霧森林自生自滅？」夢神司半側過臉，銀色的面具閃爍著寒光：「妳放心吧，這只是小事一樁，我會為妳辦妥的。」

「你已經把他……」暮愣住了：「你們不是認識嗎？我還以為……」

「註定的命運，誰也無法更改。」在夢神司戴上那個面具之後，不只是他的外表，就連說話的語氣都有很大改變：「勝利者得到一切，失敗者失去所有。這句話，妳最好牢牢記住。」

「勝利者得到一切，失敗者失去所有……」

「暮。」從夢神司的面具下傳來低沉的笑聲：「我在黃泉之城等妳。」

「我自己去嗎？」暮看到他好像要一個人先走，急忙問了一句。

「妳放心，不會迷路的。」夢神司一邊說，一邊走進黑暗：「妳知道該怎麼走。」

「那……」暮還想問清楚，但夢神司卻已經消失不見了。

她閉上眼睛告訴自己要忍耐，魔神就是這樣的性格，順著他的意思繼續下去就可以了。只要拿到那兩朵破花，她就能立刻回到神界，永遠不必再被這個瘋子耍來耍去。

夢域是極不穩定的世界，所以不方便隨意使用法術。

暮漫無目的地走著，也不知道該往哪去。她只希望夢神司那句「妳知道該怎麼走」不是隨口說說的。但當她對著一成不變的景色，沿著這條好像永遠沒有盡頭的路走了很久很久很久以後，她已經開始懷疑夢神司真的只是說說而已了。

面對著路外面那些鋪天蓋地的、巨大的黃色花朵，她終於停了下來用力地嘆了口氣。這些花樣子很奇怪，像人類世界的品種，巨大的花瓣往下低垂著，好像是在低頭認錯。彷彿沒有盡頭的大片金黃混和著暗灰色的天空，這景色真是越看越教人沮喪。

正在鬱悶的時候，天上忽然落下大滴大滴的水珠，暮張大了嘴，不敢相信這個時候居然下起了雨。她無奈地繼續向前走，雖然她不用擔心會被雨淋濕，可是這蓋過了一切聲音、不停鼓噪的雨聲，也足以讓她心浮氣躁了。

直到她在磅礡大雨中，看見一輛停在路中間的車子。暮知道夢域是意識的產物，自己就好像在某個人類幻想出來的場景裡一樣。在這裡看到人類的交通工具也不奇怪，所以她也沒當一回事，就這麼走了過去。

但就在和車子交錯而過的一瞬間，暮無意識地掃過車窗，那裡面空無一人……不，有人在那裡。她立刻停了下來，驚訝地彎下腰，從車窗往裡面看。

透過迷濛視線的大雨，暮看到了一個小小的孩子正趴在車窗上，好奇地朝外面張望著，她一下子就愣住了。

而那個孩子好像也看到了她，朝她搖了搖手，像是在和她打招呼。接著就在車窗上呵了口氣，用手指在水氣中慢慢畫出一個簡單奇怪的圖案。

暮覺得那雙清澈發光的眼睛，不像是人類會擁有的，看起來更像是精靈或是其他種族。但最大的問題是，為什麼在應該都是虛幻場景的夢域裡面，竟然能夠看到活動的實體？難道說，是夢神司搞的鬼？他又為什麼要這麼做？

就在她分神思考的一瞬間，等她低頭再看時，發現車裡已經空了，那個孩子早已不見蹤影。暮站在那裡發了會呆，實在想不出這到底代表了什麼意思，只能搖搖頭準備繼續往前走。她最後看了看那扇車窗，覺得留在那上面的圖案詭異可怕，讓她再也不想回頭看第二眼。

公路終於到了盡頭，雨也停了。陽光穿透雲層，遠遠的蔚藍天空出現了七彩霓虹。那些金黃色的碩大花朵，在陽光下仰首朝天，忽然之間充滿了朝氣。

暮的心情也跟著飛揚起來，她帶著微笑踏進了那片青翠的樹林。

樹林裡安謐而幽靜，但陽光卻讓一切生動起來。暮在樹林裡走著，享受著她有生以來少有的寧靜祥和。

她從出生開始，就在不停地爭鬥，不論是為了生存還是得到權力，一刻不停地和身邊所有人爭奪著勝利。而那種教人厭惡的記憶，就像被深深地刻在了腦海中，像無法擺脫的惡夢一樣不停糾纏著她。

暮不知不覺又一次停下腳步，眼前穿過林木間的陽光細碎凌亂卻又那麼美好。她好像在那些閃光的碎片中看到了一個孩子背著另一個更小的女孩，在前方的小路上慢慢走著。明明畫面和諧動人，如同想像中才能見到的場景，但暮的心裡卻毫無原由地酸澀起來。

被背著的小女孩突然回過頭，讓暮看見她清澈透明的眼睛。

「等一下！」暮猛地一震，往前走了幾步。

一道陽光照射在她的臉上，她閉上眼睛閃避，再睜開的時候，眼前又什麼都沒有了。她慢慢走到那個位置，朝四周張望了一下，確定那兩個孩子的確不見了。

暮想要離開的時候，有一抹新綠在眼裡晃過。她遲疑了一下，蹲下去小心地折斷了細細的草莖，把那棵樣子有點奇怪的小草採到手裡。

四片葉子緊緊地靠在一起，看起來嬌嫩而脆弱，好像輕輕一碰就會粉碎。

暮看了一會，終於把它放進了自己的口袋。

沒過多久，暮就走出樹林。她在樹林邊緣看到一棟房子在不遠處的空地上，她腳下的小路就是通往那棟房子。

「就到這裡吧。」在暮正要走過去的時候，有人拉住了她的手。

暮回過頭，一片片豔麗的火紅飄動，擾亂了她的視線。

黃泉花。

那這裡不就是……暮還來不及想自己為什麼會在這裡，就看到了那個她剛才見過兩次、有著明亮眼睛的孩子。

「請把我帶走吧。」她站在花瓣漫天飛舞的紅色花海中，用稚氣又冰冷的聲音對著暮說：「妳已經把我留在這裡太久，是時候把我帶走了。」

「去哪裡？」暮一頭霧水地問。

「去我應該去的地方。」那孩子眼睛裡光彩流轉：「我在這裡一直等著……」

不遠處，有人靜靜地看著這一幕。

「你覺得最終結果會是如何？」他們中一個詢問著另一個：「誰會是那個得到一切的勝利者？」

「勝利者得到一切，失敗者失去所有，就是這樣吧。」另一個這麼回答：「既然我們無力左右，那麼任何猜測都是沒有意義的。」

「過了多少年，你怎麼還是這麼死板無趣？」提問的那個輕輕嘆了口氣：「難道你不覺得，等待一個連你我都無法預測的結局到來，是一件值得興奮的事情嗎？」

「你司掌夢想，註定你永遠想得太多。」另一人的頭髮在陽光下閃現出眩目的光華：「對我來說，不論誰輸誰贏，都只是一個結局而已。」

「不論怎麼說，我討厭你這個傢伙。」提問的人朝著自己戒指上鑲嵌的藍色寶石呵了口氣，慢條斯理地擦拭著：「能夠忍耐你到現在，我都覺得自己很了不起。」

另一個人沒有說話，只是把手中拿著的花朵放在眼前輕輕嗅著。

他始終閉著眼睛，臉上的表情平靜而安詳。

在這應該只有黃泉花的黃泉之城，他手裡那朵卻散發著閃閃發光的純金色光芒。

——《暮音03》完

高寶書版集團
gobooks.com.tw

輕世代 FW344

暮音03

作　　者　墨竹
繪　　者　瀨川あをじ
編　　輯　任芸慧
校　　對　林雨欣
美術編輯　彭裕芳
排　　版　彭立瑋

發 行 人　朱凱蕾
出　　版　英屬維京群島商高寶國際有限公司臺灣分公司
　　　　　Global Group Holdings, Ltd.
地　　址　臺北市內湖區洲子街88號3樓
網　　址　www.gobooks.com.tw
電　　話　(02) 27992788
電　　郵　readers@gobooks.com.tw（讀者服務部）
　　　　　pr@gobooks.com.tw（公關諮詢部）
傳　　真　出版部　(02) 27990909　行銷部 (02) 27993088
郵政劃撥　50404557
戶　　名　三日月書版股份有限公司
發　　行　三日月書版股份有限公司/Printed in Taiwan
初版日期　2020年10月

國家圖書館出版品預行編目(CIP)資料

暮音 /墨竹著.-- 初版. -- 臺北市：高寶國際,
2020.10-
冊；　公分. --

ISBN 978-986-361-919-2(第3冊：平裝)

857.7　　109014445

三日月書版

三日月書版

GOBOOKS & SITAK GROUP©

GOBOOKS & SITAK GROUP©